Dorothy und Thomas Hoobler
*Das Schwert der Göttin*

Dorothy und Thomas Hoobler

# Das Schwert der Göttin

Vierter Band

Aus dem Amerikanischen
von Yvonne Hergane

Ravensburger Buchverlag

Deutsche Erstausgabe
© 2008 der deutschen Fassung
Ravensburger Buchverlag
Otto Maier GmbH

Die amerikanische Originalausgabe erschien 2005
unter dem Titel »The Sword that Cut the Burning Grass«
bei Philomel Books, a division of
Penguin Putnam Books for Young Readers,
New York.
© 2005 by Dorothy und Thomas Hoobler

Dieses Werk wurde vermittelt durch die
Literarische Agentur Thomas Schlück GmbH,
30827 Garbsen.

Umschlaggestaltung: Dirk Lieb unter Verwendung
einer Illustration von Peter Gric
Titelkalligrafie: Jialin Wu
Lektorat: Claudia Scharf

Alle Rechte dieser Ausgabe
vorbehalten durch
Ravensburger Buchverlag
Otto Maier GmbH

Printed in Germany

1 2 3 4 5    12 11 10 09 08

ISBN 978-3-473-58338-6

www.ravensburger.de

*Unserer Tochter Ellen*

Zur Aussprache der japanischen Namen und Wörter:

**J** wird wie »dsch« ausgesprochen, **z** wie »s«, **ch** wie »tsch« und **ei** wie ein langes »ä« mit einem schwachen Nachklang.

# Inhalt

Prolog 9
Ein ungewöhnlicher Auftrag 15
Richter Ookas Warnung 23
Der hungrige Ronin 32
Der Kaiser und sein Gingkobrei 40
Zwei Minister, zwei Meinungen 50
Tod im Kloster 60
Das Kurzschwert 68
Schwere Verhandlungen 77
Überzeugungsarbeit 86
Das unbesiegbare Kusanagi 93
Amaterasus Erscheinen 100
Gefährliche Reise 107
Die Botschaft der Schriftrolle 114
Seikeis neues Schwert 122
Gingkonüsse 130

Alte Bekannte   137
Seikei in neuem Gewand   144
Das Geheimnis des Schreins   151
Takanori packt aus   161
Nachricht von Hato   170
Fürst Ponzus Schweigen   178
Wie die Fische   185
Das Kusanagi-Schwert spricht   194
Erkenntnis   203
Nachtisch   213
Nachwort der Autoren   219

# *Prolog*

Yasuhito hatte das Gefühl, es keine Sekunde länger auszuhalten. Das Gewand, in das die Priester ihn am Morgen gesteckt hatten, war so schwer, dass er nicht einmal ohne Hilfe aufstehen konnte. Sie hatten ihn auf den Thron heben müssen, und dann waren sechs Priester nötig, um den Thron auf ein Podest zu hieven, das selbst den Größten hier im Saal noch ein Stück überragte.

Doch auch hier oben war Yasuhito keine Ruhe vergönnt. Sein Arm schmerzte vom Festhalten des Zepters, das er jedes Mal emporstrecken musste, wenn seine Untertanen sich ihm näherten, vor ihm niederknieten und dann auf Knien wieder zurückrutschten. Den ganzen Nachmittag lang hing ihm der süßliche Duft der Räucherstäbchen in der Nase. Und die Gesänge, die Gongschläge sowie das Spiel der Flöten und dreizehnsaitigen *Koto* dauerten nun schon so lange an, dass er dachte, ihm würde gleich der Schädel platzen.

Voller Hoffnung sah er, dass die lange Schlange der Untertanen sich ihrem Ende näherte. Große Erleichterung wollte sich jedoch noch nicht einstellen: Yasuhito wusste, dass noch mehr Leute draußen warten konnten, jenseits der riesigen Holztore der Heiligen Purpurhalle. Wenn es nach ihm gegangen wäre, hätte er sie alle einfach nach Hause geschickt – sie sollten lieber arbeiten oder irgendwas anderes machen, was sie eben so machten, wenn sie sich nicht gerade vor ihm verbeugten.

Doch dann fiel ihm wieder ein, wie Uino, der Hohepriester, ihm am Morgen das Band verknotet hatte, das Yasuhitos Hut auf dem Kopf festhielt. Uinos Gesicht war ihm dabei so nahe gekommen, dass Yasuhito die winzigen roten Äderchen in seinen Augen und die Haare in der Nase hatte erkennen können. Yasuhito hatte nur selten Angst, denn es war niemandem erlaubt, ihm in irgendeiner Weise wehzutun. Aber Uinos Blick hatte sich diesmal bedrohlich wie ein spitzer Pfeil in seine Augen gebohrt. Uino hatte nichts sagen müssen – Yasuhito hatte seine Botschaft auch so verstanden: Er *musste* es tun. Und zwar genau so, wie man es von ihm erwartete. Seit dem Tod seines Vaters zwei Monate zuvor hatte man ihm alles beizubringen versucht. Es war seine Pflicht, er musste sie erfüllen.

Seine Pflicht.

Und jetzt kam Uino wieder auf ihn zu. Auf sein Zeichen hin hoben die jüngeren Priester Yasuhito von dem hohen Thron herunter. Erleichtert reichte er einem von ihnen das Zepter und wartete geduldig, während sie ihm das Übergewand und schließlich den steifen, unbequemen Hut abnahmen. Dann hob er die Arme und genoss das Gefühl, sie wieder normal bewegen zu können, ließ sie aber sofort wieder sinken, als er Uinos missbilligenden Blick auffing. Ihm waren ausschließlich die einstudierten Bewegungen gestattet.

Uino deutete auf die andere Seite des Saals, wo sich die nächste Station der Zeremonie befand: Ein Wasserbecken war in den Boden eingelassen. Als Yasuhito seinen Rand erreichte, zog ihm ein anderer Priester die letzten Kleidungsstücke aus, und Yasuhito schritt ins Wasser. Es war angenehm kühl, und Yasuhito bekam das Gefühl, schwerelos zu sein. Er stellte sich vor, wie es wäre, zum Himmel hochzuschweben, all dem hier zu entkommen …

Uino klatschte laut in die Hände, was Yasuhito zusammenzucken ließ. Doch natürlich hatte das Klatschen nicht ihm gegolten, sondern den Kami, den göttlichen Geistern, deren Aufmerksamkeit Uino wecken wollte. Der Priester begann in der uralten Sprache, die außerhalb der Palastmauern niemand mehr sprach, zu singen. Er rief die Kami an, herbeizukommen und diesen Jungen anzunehmen als Wiedergeburt der Göttin Amaterasu, so wie sie auch all seine Vorfahren angenommen hatte. Das Wasser würde ihn reinigen und damit würdig machen. Yasuhito meinte Uinos abschätzigen Blick, der ihm zu verstehen gab, für wie unwürdig er ihn in Wirklichkeit hielt, auf sich zu spüren.

Uino gab wieder ein Zeichen und zwei Priester kamen mit einer langen, aufgerollten Bambusmatte angerannt. Sie legten sie, von den Stufen des Beckens ausgehend, vor Yasuhito aus. Nackt und triefend nass stellte er sich darauf und schritt in langsamem Tempo voran, während vor ihm die Matte entrollt wurde. Damit sollte verhindert werden, dass seine nunmehr gereinigten Füße den Boden berührten. Hinter ihm rollte ein anderer Priester die Matte gleich wieder zusammen. Außer Yasuhito durfte niemand darauf gehen. Außer dem Kaiser durfte niemand seinen Fuß darauf setzen.

Niemand außer dem Kaiser.

Yasuhito wusste, wohin ihn der Bambusteppich führen würde. Und er wollte nicht dorthin. Am liebsten wäre er weggelaufen, runter von der Matte und fort, einfach nur fort, aber das war undenkbar. Was er wollte, war unwichtig. Das war das Allerseltsamste am Kaisersein.

Er folgte der Matte in einen steinernen Hof hinaus. Vor dem Eingang einer kleinen und anscheinend sehr alten Holzhütte blieb er stehen. Das Holz war wurmstichig und Regen und Wind mehrerer Jahrhunderte schienen die Latten mit einer schimmlig grauen Farbschicht überzogen zu haben.

Und doch wusste Yasuhito, dass die Hütte erst in dieser Woche erbaut worden war. Er hatte vom Fenster seines hoch gelegenen Schlafzimmers aus zugesehen, wie die Zimmerleute sie errichtet hatten. Sie hatten dazu Holz verwendet, das an einem geheimen Ort gelagert wurde. Schon morgen würde die Hütte wieder abgebaut und weggebracht werden – bis zu dem Tag, an dem sie für den nächsten Kaiser benötigt wurde. Was noch lange, lange hin sein konnte – denn Yasuhito war erst acht Jahre alt.

Ein Priester reichte ihm die erste der drei Throninsignien: das Heilige Schwert, das Amaterasus Bruder dem Schwanz eines Drachen entrissen hatte. Yasuhito schritt von der Matte herunter und betrat die Hütte. Entlang der Wände brannten zahllose Kerzen und in der Mitte des Raumes stand ein niedriger Tisch. Darauf waren zwei Schalen mit Reis, die noch dampften, als seien sie eben erst abgestellt worden. Zwischen ihnen lagen die anderen beiden heiligen Kostbarkeiten: der Edelstein und der Spiegel. Alle drei Thronschätze waren Geschenke von Amaterasu persönlich, Geschenke, die sie einem von Yasuhitos Vorfahren mehrere Jahrtausende zuvor überbracht hatte. Seitdem waren sie von einem Kaiser zum nächsten weitergereicht worden.

Ein seidenbezogenes Kissen lag am Boden, und Yasuhito ließ sich darauf nieder, erleichtert, dass er endlich wieder bequem sitzen durfte. Bis zum nächsten Morgen würde ihn nun niemand stören. Niemand durfte diesen Raum betreten – niemand außer natürlich der Göttin selbst. Und die würde in der Nacht kommen. Bei ihrem Erscheinen würde Yasuhito wiedergeboren werden, genau wie es mit seinen Vorfahren geschehen war, als sie zum Kaiser geworden waren.

Dieser Teil der Zeremonie machte ihm Sorgen. »Wird es wehtun?«, hatte er Uino gefragt. Uino war daraufhin so kurz angebunden gewesen, wie Yasuhito ihn noch nie erlebt hatte.

»Erinnert Ihr Euch daran, je wiedergeboren worden zu sein?«, hatte Uino mit ätzender Ironie gefragt.

Nein, musste Yasuhito zugeben.

»Dann tut es nicht weh«, hatte Uino gesagt. »Und selbst wenn doch, werdet Ihr niemals mit jemandem darüber sprechen.«

*Ein* Mensch würde wissen, ob es wehtat oder nicht: Yasuhitos Großvater. Er hätte es ihm sagen können, doch er war nicht mehr da. Vier Jahre zuvor, als Yasuhitos Vater Kaiser geworden war, hatte Yasuhito seinen Großvater zuletzt gesehen. Einmal hatte er gehört, wie zwei Diener über ihn gesprochen hatten – es hieß, Großvater habe sich auf den Gipfel des Fujiyama zurückgezogen, wo er nur noch mit den Naturgeistern spreche.

Amaterasu wird schon wissen, wie ich Großvater finden kann, dachte Yasuhito. Sie war allwissend, denn sie wachte Tag und Nacht über ganz Japan. Er hatte so viele Fragen. Sie würde ihm alles sagen, was er wissen wollte. Jetzt musste er nur noch hier auf sie warten.

Nur warten.

## *Ein ungewöhnlicher Auftrag*

»Ich habe einen Auftrag für dich«, sagte der Shogun feierlich. Seikei war sprachlos vor Ehrfurcht. Der Shogun gab ihm einen Auftrag? Seikei sah zu seinem Vater hin, dem Richter Ooka, der zur Rechten des Shoguns saß. Ein weiterer Mann, den das Wappen auf seinem Kimono als Gefolgsmann des Shoguns auswies, saß zur Linken des Herrschers. Normalerweise wurde der Raum, in dem sie sich befanden, für wesentlich größere Versammlungen genutzt. Dem Wunsch des Shoguns nach Schlichtheit folgend, waren die Wände kahl gehalten, und außer einigen dünnen Strohmatten und Kissen gab es nur noch einen kleinen Tisch, auf dem sich ein Teekessel und mehrere Porzellanschälchen befanden.

Der Richter lächelte, um das Schweigen zu durchbrechen. »Vielleicht fühlt Seikei sich nicht würdig, Euch zu dienen«, sagte er.

»Aber nein!«, rief Seikei. »Ich meine, ja, ich bin unwürdig, aber ich würde trotzdem alles tun, was Ihr verlangt.«

Der Shogun nickte. »Als dein Vater mich darum bat, dich adoptieren zu dürfen, sagte er, du hättest wahren Samurai-Geist in dir. Er hatte Recht. Du hast gar nicht erst gefragt, worin der Auftrag besteht. Was, wenn ich nun von dir verlangte, mich gegen einen Ninja zu verteidigen, der mir nach dem Leben trachtet?«

»Dann würde ich das tun«, antwortete Seikei, ohne zu zögern.

»Er hat schon mal einen Ninja besiegt«, fügte der Richter hinzu.

»In der Tat«, sagte der Shogun. »An Tapferkeit mangelt es ihm nicht.«

Er sah Seikei voller Wohlwollen an. Seikei wurde ganz warm vor Freude und Stolz – bis sein Blick das Gesicht des vierten Mannes im Raum streifte. Dessen dunkelbraune Augen waren hart wie Feuerstein und blitzten vor Verachtung, als sie Seikei musterten.

Seikeis Magen krampfte sich zusammen. Ihm lag es ohnehin oft schmerzlich auf der Seele, dass er nicht in eine Samurai-Familie hineingeboren worden war. Dieser Mann hier, dessen war Seikei sich sicher, wusste, wer sein leiblicher Vater gewesen war: ein niederer Kaufmann.

»Waffen wirst du zur Ausführung meines Auftrags nicht benötigen«, sagte der Shogun.

Unwillkürlich griff Seikei nach dem Griff seines Langschwertes. Erst vor Kurzem hatte er sich das Recht erworben, es zu tragen – indem er den Ninja besiegt hatte. Und er war fest entschlossen, notfalls bis zum

Tod zu kämpfen, um es behalten zu können. Die beiden Schwerter unter seinem Gürtel – das eine lang, das andere kurz – waren die Kennzeichen eines Samurai-Kriegers.

Dem Shogun war Seikeis rasche Handbewegung nicht entgangen. »Immer mit der Ruhe, junger Freund, es besteht keine Notwendigkeit, mich zu verteidigen«, sagte er.

Sofort schoss Seikei die Schamesröte ins Gesicht. Schließlich befanden sie sich in Edo, genauer gesagt im Palast des Shogun – in ganz Japan gab es keinen sichereren Ort als diesen. Mehr noch, hier reichte es schon, nur das Schwert aus der Scheide zu ziehen, um sofort zum Tode verurteilt zu werden.

Der Shogun goss dem Richter, der einer seiner engsten Gefolgsleute und Freunde war, Tee nach, ebenso dem vierten Mann im Raum. Auch Seikei nickte höflich, als er den fragenden Blick des Shoguns bemerkte, und auch seine Schale wurde wieder aufgefüllt. Der Tee war von höchster Qualität, was Seikei sehr gut beurteilen konnte, da sein leiblicher Vater Teehändler war.

Während seine Gäste am duftenden Grüntee nippten, sagte der Shogun: »Was ich dir nun zu sagen habe, muss ein Geheimnis bleiben. Es könnte Panik auslösen, wenn andere davon erführen.«

Seikei nickte. Nichts wäre schlimmer für das Reich als ein Volk in Panik. Seit über einem Jahrhundert herrschte in Japan Frieden. Lange hatten sich Kriegsherren im Kampf um die Herrschaft im Lande zerfleischt – Tokugawa Ieyasu, ein Vorfahre des Shogun, hatte schließlich den letzten von ihnen besiegt. Seitdem war der Shogun dafür verantwortlich, die Harmonie aufrechtzuerhalten, damit der Wohlstand in Japan gedeihen konnte. Eine schwierige Aufgabe, so viel hatte Seikei schon gelernt.

Der Shogun beugte sich nun nach vorn, als wollte er verhindern, dass außer Seikei irgendjemand seine Worte hörte. Die Wände des Raumes bestanden aus edlem, in Bambusrahmen gespanntem Papier, und es war nicht ausgeschlossen, dass ein Diener, schien er noch so vertrauenswürdig, dem Gespräch lauschte. »Der Kaiser hat seine Pflichten im Stich gelassen und ist geflohen.«

Seikei blinzelte überrascht. Der Kaiser? Natürlich hatte er schon mal von dem Kaiser gehört. Angeblich lebte er in einem großen Palast in Kyoto, weit im Westen, auf der anderen Seite des Biwa-Sees. Seikeis leiblicher Vater war aus geschäftlichen Gründen gelegentlich in Kyoto gewesen, und einmal hatte er zu Seikei gesagt: »Der Kaiser ist ein *Kami*, ein göttlicher Geist, und daher genauso unsichtbar wie alle anderen Kami.«

»Heißt das, es gibt ihn gar nicht?«, hatte Seikei gefragt. Er war damals noch sehr klein gewesen.

»Aber natürlich gibt es ihn«, hatte sein Vater barsch erwidert. »Wir gehen doch auch in die Schreine, um die Kami um Hilfe zu bitten. Meinst du, ich würde das tun, wenn es die Kami nicht gäbe? Und sie haben mir auch wirklich geholfen – ich bin durch den Verkauf von Tee zu einigem Wohlstand gelangt. Wenn ich bloß wüsste, welchen Kami ich bitten könnte, dir etwas Verstand einzupflanzen, damit du endlich aufhörst, ein Samurai statt ein Teehändler sein zu wollen!«

Während Seikei diesen Erinnerungen nachhing, merkte er, dass der Shogun auf eine Antwort wartete. »Hm ... Nun, ich bin sicher, dass Richter Ooka den Kaiser finden wird, wo immer er auch sein mag«, sagte er.

Der Richter, sein Adoptivvater, war dafür bekannt, dass er jedes Geheimnis entschlüsseln, jeden Verbrecher aufspüren und jeden Fall, der ihm vorgelegt wurde, lösen konnte. Seikei hatte ihm schon einige Male dabei geholfen, indem er gemäß seinen Anweisungen Ermittlungen angestellt hatte.

Der Shogun nickte. »Gewiss. Wir wissen jedoch schon, wo der Kaiser sich aufhält«, sagte er. Dann forderte er den Vierten am Tisch auf, dies näher zu erläutern.

»Er hat Kyoto gar nicht verlassen«, erklärte der Mann. »Er ist nur in ein Kloster geflohen, nach Kinkakuji, in den Goldenen Pavillon. Die Mönche geben ihm Schutz. Und eine vertrauenswürdige Person kümmert sich um ihn.«

So langsam glaubte Seikei zu erkennen, worin das Problem lag. »Und das Kloster ist ein geheiligter Ort, aus dem man den Kaiser nicht einfach so wieder herausholen kann.« Als er Richter Ooka das letzte Mal geholfen hatte, einen Fall zu lösen, hatten sie es mit einem Ninja zu tun gehabt, der ein Verbrechen begangen und sich dann in den Schutz einiger Shinto-Priester begeben hatte. Der Richter hatte erst bei den Priestern die Erlaubnis einholen müssen, bevor Seikei sich aufmachen konnte, den Ninja zu fassen.

Aber diesmal verhielt sich die Sache offenbar anders. Der Mann schürzte spöttisch die Lippen, sodass Seikei sich ziemlich dumm vorkam.

»Nein, den Kaiser darf ohnehin niemand irgendwo herausholen«, erklärte der Shogun. »Niemand kann ihn zu irgendetwas zwingen.«

»Aber ... wenn der Kaiser im Kloster in Sicherheit ist«, fragte Seikei, »wieso darf er dann nicht einfach dort bleiben?«

Der Shogun seufzte. »Ich wünschte, das wäre möglich. Das Problem ist nur, dass er nicht mehr Kaiser sein möchte.«

Das verblüffte Seikei dermaßen, dass er beinahe laut gelacht hätte. Doch er besann sich gerade noch rechtzeitig – das Gesicht des Shoguns war Beweis genug, dass es sich hier um eine sehr ernste Angelegenheit handelte. »Aber er kann doch nicht einfach *aufhören*, Kaiser zu sein.«

Der Shogun runzelte die Stirn. »Er kann aufhören, seine kaiserlichen Pflichten zu erfüllen.«

»Die da wären?«, fragte Seikei unsicher.

Der Shogun sah Richter Ooka an. »Vielleicht könnt Ihr ihm das besser erklären als ich.«

»Wenn du ein Bauer wärst«, wandte sich der Richter an Seikei, »wäre dir das ganz klar.«

Seikei senkte den Kopf, beschämt darüber, dass er so schwer von Begriff war.

»Amaterasu ist die Urmutter aller Kaiser«, sagte der Richter. »Seit Anbeginn der Zeiten liebt und beschützt sie Japan. Jedes Jahr gehört es zu den Pflichten des jeweiligen Kaisers, sie um gutes Wetter und fruchtbaren Boden zu bitten, auf dass es eine üppige Ernte gibt, sodass im Winter alle genug Reis haben und niemand hungern muss.« Er tätschelte seinen dicken Bauch. »Wie du weißt, leide ich ungern an Hunger, daher ist diese kaiserliche Aufgabe auch mir sehr wichtig.«

»Das ist nicht komisch«, grummelte der Shogun und fuhr fort: »Vom Kaiser wird erwartet, dass er zur Frühlingssonnenwende einen öffentlichen Auftritt absolviert – er muss eine Furche in den Boden pflügen und die Reissaat ausbringen. Wenn er diese Pflicht nicht erfüllt, spricht sich das schnell herum, und dann werden sich die Bauern aus Angst weigern, ihre eigene Saat auszubringen. Natürlich ernten sie dann im Herbst nicht genug Reis, um ihrem Daimyo den Lehen auszuzahlen. Die Daimyo werden mit diesem Problem zu mir kommen und sagen, dass sie unmöglich ihre Steuern an mich ableisten könnten.« Er sah Seikei so streng an, dass dieser das Gefühl bekam, er selbst sei an dieser ganzen vertrackten Situation schuld. »Und das darf unter keinen Umständen geschehen!«, schloss der Shogun lautstark.

»Was soll ich tun?«, fragte Seikei.

»Geh ins Kloster und mache dem Kaiser klar, worin seine Pflichten bestehen.«

Seikei starrte ihn verdutzt an. »Aber er hat doch sicher Berater, die ihm das bereits ...«

»Natürlich hat er die.« Der Shogun machte eine ungehaltene Handbewegung. »Aber die haben versagt. Jetzt vertraut er ihnen nicht mehr. Du hingegen ... Du wirst ihn überzeugen können.«

Das bezweifelte Seikei zwar stark, doch er wusste, dass es unklug war, eine Entscheidung des Shogun infrage zu stellen. Der Richter schien zu spüren, was seinen Sohn beschäftigte.

»Er ist erst vierzehn«, warf er ein.

Seikei runzelte die Stirn. Der Shogun wusste doch, wie alt er war.

»Ich meine den Kaiser«, fuhr Richter Ooka fort. »Er ist genauso alt wie du, und deswegen ist der Shogun der Überzeugung, dass du es schaffen wirst, ihm ins Gewissen zu reden.«

## Richter Ookas Warnung

Nachdem sie den Palast verlassen hatten, erklärte der Richter seinem Adoptivsohn: »Ich hatte dem Shogun vorgeschlagen, es mit dir zu versuchen, und er hat zugestimmt. Es liegt ihm sehr viel daran, dass dieses Problem schnell gelöst wird.«

Er muss wirklich ganz schön verzweifelt sein, überlegte Seikei, sonst würde er doch nie ernsthaft daran glauben, dass der Kaiser auf das hören wird, was *ich* ihm sage.

Ein Stallbursche brachte ihnen die Pferde und half dem Richter in den Sattel. Das Anwesen, das zum Palast gehörte, war riesengroß und bot zu dieser Jahreszeit einen überwältigenden Anblick. Die rot und gelb verfärbten Blätter der Laubbäume bildeten einen reizvollen Kontrast zum dunklen Grün der Kiefern und Zedern. Seikei und der Richter ritten langsam durch den Palastgarten und bewunderten das herrliche Naturschauspiel ausgiebig.

»Wie sieht er eigentlich aus?«, wollte Seikei wissen. Er versuchte sich vorzustellen, wie es wäre, mit einem

Kami zu sprechen. Immer wieder musste er an den uralten Baum mit den knotig verdrehten Ästen denken, der hinter dem Teeladen seines Vaters in Osaka stand. Es hieß, ein sehr mächtiger Kami wohne ihm inne, und Seikei hatte oft unter dem Baum gesessen und inbrünstig gebetet, dass er eine Möglichkeit finden möge, zum Samurai zu werden. Und dieser Kami hatte seine Gebete erhört.

Wie würde es diesmal sein? Er bezweifelte, dass der Kaiser wie ein Baum aussehen würde.

»Der Kaiser? Ich habe ihn auch noch nie gesehen«, sagte der Richter. »Aber man sagt, er unterscheide sich nicht von anderen Gleichaltrigen. Er wurde schon als Achtjähriger zum Kaiser erhoben und hat bis vor Kurzem all seine Pflichten erfüllt. In diesem Jahr ist dann der führende Priester plötzlich gestorben, ein Mann namens Uino. Vielleicht hat sein Tod den Kaiser so mitgenommen, dass er weggelaufen ist.«

»Und sein Vater ist wohl auch tot, sonst wäre er ja nicht Kaiser.«

»Ja, so ist es«, stimmte Richter Ooka zu. Und irgendwas in seiner Stimme gab Seikei das Gefühl, dass noch mehr hinter der Geschichte steckte. Er sah den Richter erwartungsvoll an.

Der Richter lächelte. »Du bist sehr aufmerksam«, sagte er. »Ja, eines solltest du noch wissen. Der Großvater des Kaisers ist noch am Leben. Er war selbst einmal Kaiser, hat dann aber freiwillig abgedankt und seinem Sohn den Thron überlassen. Unglücklicherweise ist der aber früh gestorben, sodass dessen Sohn wiederum die Macht übernehmen musste.«

»Aber warum bittet der Shogun dann nicht den Großvater, wieder Kaiser zu sein? Das würde das Problem schlagartig lösen.«

»Wenn jemand die Herrschaft als *Tenno Haike* abgegeben hat, kann er sie nie wieder in Besitz nehmen. Das erlaubt Amaterasu nicht. Außerdem weiß niemand, wo der Großvater sich aufhält. Anders als sein Enkel hat er es geschafft, sich so zu verstecken, dass er nicht mehr aufzufinden ist.«

»Und was ist mit der Mutter des Kaisers? Kann sie nicht dafür sorgen, dass ihr Sohn seine Pflichten wieder aufnimmt?« Für seine eigene Mutter hätte Seikei alles getan.

»Sie ist auch tot«, erklärte Richter Ooka. »Und der Kaiser ist ihr einziges Kind.«

»Hm. Klingt nicht so, als sei es besonders schön, Kaiser zu sein«, sagte Seikei. »Wie kommt das?«

»Das findest du am besten selbst heraus«, erwiderte der Richter. »Kaiser zu sein bedeutet, große Verantwortung zu tragen. Mag sein, dass diese schwere Bürde dem einen oder anderen untragbar erscheint.«

»Die Pflicht ist eine Ehre, die das Schicksal uns zuteil werden lässt«, entgegnete Seikei mit großer Ernsthaftigkeit.

Der Richter lächelte. »Ja, diesen Spruch kenne ich auch.«

»Und ist er denn nicht wahr?«

»Doch, sicher, viele Dinge sind wahr. Es ist zum Beispiel auch wahr, dass nicht alle Menschen sich darin einig sind, was wahr ist.«

Das fand Seikei so verwirrend, dass er einen Moment lang um eine Antwort verlegen war. Wildes Hufgetrappel riss ihn aus seinen Gedanken. Der Beamte, der vorhin auch beim Shogun zugegen gewesen war, galoppierte an ihnen vorbei und warf Seikei dabei wieder einen finsteren Blick zu.

»Wer war das eigentlich?«, fragte Seikei, nachdem der Mann außer Hörweite verschwunden war.

»Yabuta Sukehachi, Vorsteher der Wächter des Inneren Gartens.«

»Davon habe ich noch nie etwas gehört«, sagte Seikei.

»Mit gutem Grund. Es ist schon ein Verbrechen, auszusprechen, dass es diese Leute überhaupt gibt.«

Seikei schwieg. Hatte der Richter damit gerade ein Verbrechen begangen und es gestanden? Aber das war doch undenkbar!

»Wie du siehst«, fuhr sein Adoptivvater nach einer Weile fort, »versage selbst ich von Zeit zu Zeit. In diesem Fall war meine Sorge um deine Sicherheit größer als meine Ergebenheit gegenüber den Gesetzen des Shogun.«

»Meine Sicherheit? Glaubt Ihr, dass ich in Gefahr bin?« Seikei blickte dem Reiter hinterher.

Der Richter folgte seinem Blick. »Es ist Yabutas Aufgabe – ja seine Pflicht –, dem Shogun Informationen zu beschaffen. Er hat herausgefunden, wo der Kaiser sich aufhält, und er hatte erwartet, dass der Shogun ihm befiehlt, den Kaiser zum Palast zurückzubringen.«

»Und warum hat der Shogun das nicht getan?«

»Weil Yabuta den Auftrag mit Gewalt erledigt hätte.«

»Aber wenn es keinen anderen Weg gibt, den Kaiser dazu zu bewegen, wieder seine Pflichten auszuüben ...«, begann Seikei.

Der Richter brachte sein Pferd zum Stehen. Von hier aus hatten sie einen besonders schönen Ausblick auf die Landschaft rund um den Palast. Eine Windböe wehte einige Blätter von den Bäumen. Nachdem sie die Szenerie eine Weile genossen hatten, sagte der Richter: »Kennst du die Legende von den drei großen Männern, die unser Land vereinigt haben? Eines Tages wurde ihnen ein Singvogel gebracht, der nicht singen wollte. Nobunaga sagte: ›Ich werde ihm befehlen zu singen.‹ Hideyoshi sagte: ›Ich werde ihn töten, wenn er nicht singt.‹ Tokugawa Ieyasu hingegen, der Vorfahre unseres Shoguns, sagte: ›Ich werde warten, bis er beschließt zu singen.‹« Der Richter wandte sich Seikei zu. »Deswegen zieht der Shogun es vor, nicht auf Yabutas Dienste zurückzugreifen.«

Damit ritt er wieder an und Seikei folgte ihm. Er dachte lange über die Worte seines Adoptivvaters nach, und als er sich seine Antwort zurechtgelegt hatte, hatten sie bereits das große Tor an der Palastmauer erreicht. Mehrere Wachen waren hier aufgestellt, und der Richter bedeutete Seikei, still zu sein.

Nachdem sie das Tor passiert hatten und auf die Straße geritten waren, sagte Richter Ooka: »Von jetzt an musst du sehr vorsichtig sein, mit wem du sprichst und was du sagst. Yabuta sieht es als persönliche Beleidigung an, dass du für eine Aufgabe auserwählt wurdest, die seiner Meinung nach ihm zugestanden hätte. Er wird dem Shogun alles berichten, was er Schlechtes über dich finden kann. Manche Leute sagen, er habe seine Augen und Ohren überall, in jedem Zimmer und jedem Winkel.«

»Und, glaubt Ihr das?«

Der Richter zuckte mit den Schultern. »Ich halte es für sehr wahrscheinlich, dass er Diener und Wachen dafür bezahlt, dass sie ihm alles berichten, was sie sehen und hören. Also wäge, während du in Kyoto bist, jede deiner Handlungen gut ab.«

»Ich würde niemals etwas tun, was der Ehre unserer Familie schadet«, schwor Seikei.

»Nein, natürlich nicht, jedenfalls nicht wissentlich. Aber schon eine harmlose Handlung oder ein dahingesagtes Wort kann missverstanden werden.«

»Es wäre besser, wenn *Ihr* Eure Augen überall haben könntet«, seufzte Seikei.

Auf der einen Straßenseite hatten Akrobaten eine menschliche Pyramide gebildet. Der Richter brachte sein Pferd zum Stehen, um ihren Kunststücken zuzusehen, und Seikei folgte seinem Beispiel.

»Das reizt mich überhaupt nicht, wenn ich ehrlich bin«, meinte der Richter.

Seikei dachte zunächst, er spreche von den Akrobaten, aber dann wurde ihm klar, dass der Richter die Fähigkeit meinte, jederzeit alles sehen zu können. »Aber dann könntet Ihr überall für Sicherheit sorgen«, sagte er.

Der Richter schüttelte den Kopf. Die menschliche Pyramide bestand mittlerweile aus zehn Leuten, wobei vier die Basis bildeten. Seikei konnte den Blick kaum abwenden, gleichzeitig bemühte er sich, keines der Worte des Richters zu verpassen. »Aber niemand wäre vor *mir* sicher«, sagte er. »Ich bin auch nur ein Mensch und damit unvollkommen. Ich könnte in Versuchung geraten, meine Fähigkeit dazu zu nutzen, mir immer mehr Macht zu verschaffen. Und sie gegen Menschen einzusetzen, die ich nicht mag. Wer weiß schon, wie mich das verändern würde?«

Der Mann an der Spitze der menschlichen Pyramide stürzte plötzlich kerzengerade herunter und die Zuschauer schrien erschrocken auf. Es sah so aus, als würde er auf dem Boden zerschmettert werden, doch im letzten Augenblick streckten zwei der Männer, die ganz unten standen, die Arme aus und fingen ihn auf. Die Menge jubelte. Die Pyramide löste sich auf, und die Akrobaten gingen mit kleinen Schalen herum, um Geld einzusammeln. Der Richter warf eine Silbermünze hinein und wurde mit einem Lächeln und einer Verbeugung dafür belohnt.

Als sie weiterritten, fiel Seikei noch etwas ein. »Heißt das, auch Ihr wärt nicht gerne Kaiser?«, fragte er.

»In der Tat, das wäre ich nicht gern«, erwiderte Richter Ooka. »Er trägt viel Verantwortung, hat aber keine Macht. Der Shogun entscheidet über die meisten Dinge, die in unserem Land geschehen. Der Kaiser ist zwar wichtiger, weil er unsere Verbindung zum Himmel darstellt, aber ich glaube, ich würde mich in dieser Rolle nicht wohlfühlen.«

»Aber wie soll ich ihn dann bloß davon überzeugen, seine Pflichten wieder aufzunehmen?«

»Ich bin sicher, dir fällt etwas ein«, sagte der Richter.

»Werdet Ihr mir als Berater zur Seite stehen?« Seikei war sich keineswegs sicher, dass er das alles schaffen würde.

»Unglücklicherweise habe ich etwas anderes zu erledigen und kann dich nicht begleiten«, antwortete der Richter. »Die Feuerschutztruppen, die wir in Edo eingerichtet haben, brauchen nämlich zusätzliche Übungseinheiten. Aus diesem Grund kann auch Bunzo nicht mit dir kommen. Du wirst also ganz auf dich allein gestellt sein.«

Seikei nickte. Bunzo war der Anführer der Samurai, die Richter Ooka unterstellt waren. Nachdem Richter Ooka Seikei adoptiert hatte, hatte Bunzo ihn in allen Künsten unterrichtet, die ein Samurai beherrschen musste, und Seikei wusste, dass er Bunzos Erwartungen längst nicht erfüllte. Dennoch wäre es ihm sehr lieb gewesen, den erfahrenen Samurai auf dieser Reise an seiner Seite zu wissen. Seikei wusste, dass der Lehrmeister im Notfall sein Leben für ihn geopfert hätte.

»Du wirst etwa sechs Tage bis nach Kyoto brauchen«, sagte der Richter. »Ich schlage vor, dass du gleich morgen Früh aufbrichst.«

Seikei dachte an das letzte Mal zurück, als er die Tokaido-Straße entlanggereist war. Diese Reise hatte sein Leben verändert. Ihm war alles andere als wohl bei dem Gedanken, jetzt wieder losziehen zu müssen. Er hatte das Gefühl, als könnte es ihm Unglück bringen, den Weg noch einmal in die entgegengesetzte Richtung zu gehen, so als könnte ihn das wieder in das alte Leben zurückzwingen, das er vor der Begegnung mit Richter Ooka geführt hatte.

# Der hungrige Ronin

Seikei stellte bald fest, dass dies eine ganz andere Art zu reisen war als in seinem früheren Leben als Händlerssohn. Wenn sein leiblicher Vater und er unterwegs einem Daimyo begegnet waren, hatten sie demütig zum Straßenrand ausweichen und sich verbeugen müssen, bis der Fürst und seine unzähligen Samurai und Diener vorbeidefiliert waren. Solche Ereignisse konnten Reisende viel Zeit kosten, denn manche Daimyo reisten mit bis zu tausend Gefolgsleuten.

Nun jedoch, da Seikeis Haori-Jacke das Wappen des Shogun trug, musste er niemandem mehr Platz machen. Das Wappen war weithin bekannt und respektiert.

Wenn Seikei in einer Herberge Rast machte, musste er dem Besitzer kein »Dankesgeld« zahlen, um sicherzustellen, dass er ein ordentliches Zimmer bekam. Sobald er vom Pferd stieg, nahm ein Stallbursche sein Tier in Empfang. An der Tür brachte ein Diener ihm ein heißes Handtuch und fragte, ob er Tee wünsche. Seikei begann diese Annehmlichkeiten zu genießen. Ab dem zweiten Tag seiner Reise schickte er den Tee zurück, wenn er nicht von hoher Qualität war. Die Diener waren überrascht, dass er guten von schlechtem Tee unterscheiden konnte. Am dritten Tag bat er in der Herberge darum, einen bestimmten Fisch serviert zu bekommen, von dem er wusste, dass er eine Spezialität in dieser Gegend war. Seikei wusste zwar, dass der Fisch sehr teuer war, aber ihm war auch klar, dass er nirgendwo eine Rechnung präsentiert bekommen würde. Die Herbergswirte schickten ihre Rechnungen für gewöhnlich an den Shogun und hofften darauf, dass sie beglichen wurden.

Das Wetter machte Seikeis Reise noch angenehmer. Die Tage waren klar und frisch, die kühle Luft schien die Herbstblätter, die noch an den Bäumen hingen, noch intensiver leuchten zu lassen. Als Seikei am Fuji vorbeiritt, strahlte ihm die schneebedeckte Bergspitze weiß entgegen. Erst wenige Jahre zuvor war der Vulkan ausgebrochen und hatte Ströme glühender Lava seine Hänge hinabgesandt, aber nun stand er wieder still da, in eisiger Erhabenheit, und verband die Erde mit dem Himmel.

Seikei besann sich auf seinen Auftrag. Bestimmt war der Kaiser ein sehr seltsamer Mensch, ähnlich wie die Eremiten, die angeblich auf dem Gipfel des Fuji lebten. Es hieß, sie täten den ganzen Tag nichts anderes als zu meditieren, und ernährten sich nur von geschmolzenem Schnee, Beeren und den Herzen der Kiefernzapfen. Vermutlich lebte der Kaiser so tief in seiner spirituellen Welt, dass ihm seine weltlichen Pflichten nichtig erschienen. Vielleicht wäre es gut, ihm von den vielen Menschen zu erzählen, die hungern müssten, wenn die Reisernte seinetwegen mager ausfiel. Aber vielleicht war der Kaiser ja auch so sehr in seiner Meditation versunken, dass er Seikei überhaupt nicht wahrnehmen würde. Und was dann? Kein angenehmer Gedanke, zum Shogun zurückkehren und zugeben zu müssen, dass er nichts erreicht hatte.

Hier, am Fuße des Fuji, drängten sich die Menschen dicht an dicht, denn zu dieser Jahreszeit wollten zahllose Pilger den heiligen Berg sehen. Seikei war so gedankenverloren, dass er gar nicht bemerkte, wie ein Samurai von hinten an ihn herantrat.

Als Seikei jedoch an seiner Reithose, dem *Monohiki*, ein Zupfen wahrnahm, war er auf der Stelle hellwach und griff instinktiv nach seinem Schwert. Der Mann, der auf diese Weise auf sich aufmerksam gemacht hatte, trug selbst zwei Schwerter, und dazu einen schlichten braunen Kimono voller Flecken, der an den Ärmeln schon etwas ausgefranst war. Ganz offensichtlich handelte es sich um einen Ronin. Diese herrenlosen Samurai wanderten ziellos durchs Land auf der Suche nach einem Fürsten, in dessen Dienste sie treten konnten.

Als der Ronin sah, wie Seikei sein Schwert berührte, fiel er sofort vor dem Pferd auf die Knie. »Verzeiht mir, Herr«, rief er. »Eure Kleidung hat mir verraten, dass Ihr im Auftrag des Shogun unterwegs seid. Ich habe eine dringende Botschaft für den Shogun. Er muss von einer großen Ungerechtigkeit erfahren.«

Seikei brachte hastig sein Pferd zum Stehen, um den Mann nicht unter den Hufen zu zermalmen. Einige Wanderhandwerker, die ihr Werkzeug dabeihatten, um für sich zu werben, blieben sofort stehen und starrten herüber. »Steht auf!«, raunte Seikei dem Mann zu. »Benehmt Euch wie ein Samurai!«

Langsam stand der Mann auf, hielt den Kopf aber weiterhin gesenkt.

»Ja, ich bin im Auftrag des Shogun unterwegs«, sagte Seikei. »Und zwar muss ich nach Kyoto. Wieso berichtet Ihr nicht den örtlichen Behörden von der Ungerechtigkeit?«

Als der Mann aufblickte, waren seine Augen voller Angst. »Oh, nur das nicht, Herr«, sagte er. »Die Beamten hier würden rein gar nichts unternehmen.«

Seikei fiel auf, wie ausgezehrt der Mann wirkte. »Wann habt Ihr zuletzt etwas gegessen?«, fragte er.

Der Samurai zuckte mit den Schultern. »Gestern habe ich ein paar Birnen gegessen. Sie waren einem Bauern vom Karren gefallen und lagen auf der Straße. Ich habe sie nicht gestohlen, ich schwöre es.«

»Ein Stück weiter vorne gibt es eine Suppenküche«, sagte Seikei und reichte dem Mann eine Münze. »Holt Euch einen Teller Nudeln.«

»Aber Ihr habt Euch doch noch gar nicht angehört, was ich zu sagen habe«, widersprach der Mann.

»Wenn Ihr es aufschreibt, könnt Ihr es jedem Boten des Shogun mitgeben, der nach Edo unterwegs ist«, erwiderte Seikei. Er deutete in die Richtung, aus der er gekommen war. »Dorthin. Ich hingegen muss nach Kyoto.«

Der Mann senkte wieder den Kopf. »Herr, ich muss gestehen, dass ich nicht schreiben kann.« Er sah vorsichtig hoch und blickte Seikei erwartungsvoll an. »Aber *Ihr* könntet es für mich aufschreiben.«

Seikei seufzte.

Der Mann genehmigte sich gleich drei Schalen Suppe, und er hätte zweifellos noch mehr zu sich genommen, wenn es Seikei nicht allmählich gedämmert hätte, dass die Geschichte immer länger wurde, je mehr sein Gegenüber aß. Und es war eine äußerst verworrene Geschichte. Seikei fiel es schwer, auch nur die Hälfte, von dem, was er hörte, zu glauben.

Der Ronin hieß Takanori und gehörte angeblich zu einer Samurai-Familie, die einst einem Daimyo namens Shima gedient hatte.

Fürst Shimas Herrschaftsgebiet war zwar nicht groß gewesen, hatte aber dennoch den Neid des benachbarten Daimyo, Fürst Ponzu, erweckt. Jahrelang hatte Fürst Ponzu daran gearbeitet, das Nachbarreich zu ruinieren. So hatten er und seine Samurai Fürst Shimas Bauern immer neuen Schikanen ausgesetzt. Mal hatten sie Flüsse umgeleitet, damit sie Fürst Shimas Ländereien überfluteten, mal Ratten in die Kornspeicher geschleust, dann wieder in Nacht- und Nebelaktionen Vieh getötet … Die Liste mit Fürst Ponzus abscheulichen Taten schien endlos zu sein.

Seikei versuchte das Ganze zu beschleunigen. »Hat Fürst Shima sich denn nicht widersetzt?«

»Was hätte er schon tun können?«

»Beim Friedensrichter Beschwerde einlegen, zum Beispiel.«

Takanori schüttelte den Kopf. »Das hat er versucht, aber der Richter hat die Beschwerden jedes Mal ignoriert. Außerdem handelte Fürst Ponzu so geschickt, dass ihm nie eine Schuld nachgewiesen werden konnte.«

Seikei schwieg. Der Richter hatte ihm schon erzählt, dass solche Dinge durchaus vorkamen. Eben deswegen hatte der Shogun Richter Ooka ja auch so eine hohe Vertrauensstellung eingeräumt – weil er als einer der wenigen Untergebenen von Grund auf ehrlich war.

»Und was ist dann passiert?«, fragte Seikei. »Offenbar seid Ihr ja nicht mehr in Fürst Shimas Diensten.«

»Mein Herr wurde immer verzweifelter«, berichtete Takanori. »Eines Tages begegnete er Fürst Ponzu auf der Straße zwischen ihren beiden Herrschaftsgebieten. Fürst Ponzu beleidigte ihn, mein Herr war gezwungen, das Schwert zu ziehen, um seine Ehre zu verteidigen, und es entspann sich ein übler Kampf zwischen den beiden Fürsten und ihren Gefolgsleuten. Meine Brüder waren zwei der persönlichen Wachleute von Fürst Shima und sie fanden an diesem Tag den Tod.«

Seikei schwieg. Seiner Meinung nach hätte Takanori genauso ehrenhaft kämpfen und sein Leben opfern müssen. Was war er denn jetzt? Kaum mehr als ein Bettler! Die Schwerter, die er trug, waren das letzte verbliebene Zeichen dafür, dass er einmal ein Samurai gewesen war. Es sollte schon Ronin geben, die ihre Schwerter verkauft hatten, um einem Leben in bitterer Armut zu entgehen.

Seikei wandte sich angewidert ab.

»Eure Geschichte ist wirklich tragisch«, sagte er. »Aber wie ich bereits sagte – ich kann jetzt nicht nach Edo zurück. Ich muss ...«

Entsetzt hielt er inne, als der Mann ihn beim Arm packte und zu sich heranzerrte. Takanoris Atem roch nach den grünen Zwiebeln, die in der Suppe gewesen waren. »Ich bin noch nicht fertig«, raunte der Ronin. »Wenn ich Euch den Rest erzähle, werdet Ihr verstehen, warum es so wichtig ist, dass der Shogun davon erfährt.«

Seikei riss sich los. »Dann macht gefälligst schnell«, sagte er wütend. »Und mehr Suppe gibt es jetzt auch nicht.«

Takanori sah sich um, als habe er Angst, dass jemand mithören könnte. Doch nicht einmal die Frau, die die Nudelsuppe verkaufte, sah hoch. Niemand schien auch nur das geringste Interesse an Takanoris Geschichte zu hegen.

»Fürst Ponzu plant einen Aufstand gegen den Shogun«, flüsterte der Ronin.

Seikei war zunächst verblüfft, doch im nächsten Moment packte ihn großer Zorn. Es war ihm ganz klar, was hier gespielt wurde – Takanori versuchte einfach alles, um seinen Willen durchzusetzen. Er tischte ihm nun einfach irgendeine dreiste Lüge auf, um ihn dazu zu bringen, sofort nach Edo zurückzukehren.

»Und woher wollt Ihr das wissen?«, fragte Seikei ungehalten. »Habt Ihr Beweise?«

»Ich … ich habe es von einer Geisha erfahren. Sie sagt, zwei von Fürst Ponzus Männern hätten im Rausch darüber gesprochen. Und sie ist wirklich eine sehr verlässliche Informationsquelle. Der Shogun muss schleunigst jemanden schicken, der Ermittlungen anstellt … He, wo wollt Ihr hin?«

Seikei war aufgestanden und steuerte auf den Ausgang des Suppenladens zu. Er drehte sich kurz um und warf dem Ronin ein paar letzte Worte zu: »Es tut mir leid, dass Euch solch Unglück widerfahren ist. Ich werde einem ehrenhaften Richter von Eurem Schicksal berichten, aber erst, nachdem ich meinen Auftrag in Kyoto erfüllt habe.« Damit ging er davon, ohne auf den matten Protest des Ronin zu achten.

# Der Kaiser
# und sein Gingkobrei

Im weiteren Verlauf seiner Reise hatte Seikei Schwierigkeiten, den Zwischenfall mit dem Ronin aus dem Kopf zu bekommen. Nicht einmal der Anblick des majestätisch blauen Biwa-Sees ein Stück östlich der Kaiserstadt konnte die Erinnerung aus seinem Gedächtnis tilgen.

Immer wieder versuchte Seikei sich zu beruhigen. Bestimmt wollte Takanori nur die Aufmerksamkeit des Shogun erwecken, um möglichst schnell auf Fürst Ponzus Untaten hinweisen zu können.

Aber – was, wenn doch eine Verschwörung gegen den Shogun im Gange war? Das hätte Seikei natürlich unverzüglich berichten müssen.

Nein. Der Shogun hätte die Geschichte sicher mit einem Lachen abgetan – und sich dann daran erinnert, dass der Auftrag, den er Seikei erteilt hatte, nicht ausgeführt worden war.

Seikei war erleichtert, als er endlich den Nijo-Palast erreichte, den Sitz des Gouverneurs von Kyoto. Hier behandelten ihn die Diener wie einen hochstehenden

Gast – was ich als offizieller Abgesandter des Shogun natürlich auch bin, überlegte Seikei.

Nachdem er eine Mahlzeit aus frischem Fisch mit Reis und einer Schale ausgezeichnetem Tee zu sich genommen hatte, wurde er aufgefordert, beim Gouverneur vorzusprechen. Dafür zog er seinen besten Kimono an.

Der Stellvertreter des Shogun in Kyoto stellte sich als ein kleiner Mann mittleren Alters heraus, der die merkwürdige Angewohnheit hatte, ständig die Falten seines Kimonos glatt zu streichen. »Ich wurde angewiesen, Euch jede nur mögliche Unterstützung zu geben«, sagte er. »Wenn ich Euer Anliegen richtig verstanden habe, dann wollt Ihr den Kaiser persönlich sprechen?«

»Ja, und zwar so bald wie möglich«, erwiderte Seikei.

»Dies ist äußerst ungewöhnlich«, sagte der Gouverneur. »Normalerweise kann nicht einmal *ich* mit dem Kaiser sprechen. Wenn ich ihm etwas mitzuteilen habe, muss ich eine Nachricht an den Minister für Rechtsangelegenheiten in den kaiserlichen Palast schicken.« Er zupfte an einem Ärmel seines Kimonos und glättete ihn dann mit einem Finger. »Oder an den Minister für Linksangelegenheiten.«

»Hält sich der Kaiser immer noch im Kloster Goldener Pavillon auf?«, fragte Seikei.

»Ja. Ich habe die Mönche angewiesen, mir Bescheid zu geben, sollte er Anstalten machen, von dort wegzugehen.«

Seikei lächelte in sich hinein. Er wusste, dass Mönche bedeutender Tempel die Anweisungen weltlicher Gouverneure nur dann befolgten, wenn sie wollten. »Könntet Ihr mir jemanden an die Seite stellen, der mir den Weg zum Pavillon zeigt?«

»Ja, morgen Nachmittag vielleicht?«, schlug der Gouverneur vor. »Oder ist das zu früh?«

»Ich würde lieber jetzt gleich gehen«, sagte Seikei.

Der Mann war so verblüfft, dass er beide Ärmel gleichzeitig glättete. Offenbar pflegte man die Dinge hier in Kyoto nicht so schnell anzugehen wie in Edo. »Jetzt gleich?«, echote er.

»Wenn es sich einrichten lässt«, sagte Seikei.

Es ließ sich einrichten. In Begleitung eines berittenen Samurai namens Kushi machte Seikei sich auf den Weg in den Nordteil der Stadt. Am Fuß eines hohen Hügels befand sich ein Tor, das von zwei Steinsäulen flankiert war. »Das ist der Eingang«, sagte Kushi. »Lasst Euer Pferd hier stehen und geht zu Fuß den Pfad zum Tempel hoch.«

»Kommt Ihr denn nicht mit?«, fragte Seikei.

»Lieber nicht. Die Mönche hier hängen dem Zen-Buddhismus an. Sie scheinen unendlich tief in ihre Meditation versunken, aber im nächsten Moment erproben sie ihre Kampfkünste. Das kann von einer Sekunde zur anderen wechseln. An Eurer Stelle würde ich die Schwerter hierlassen, damit Euch niemand herausfordert.«

Seikei zögerte. »Ich darf meine Schwerter nicht ohne guten Grund abgeben.«

Kushi zuckte mit den Schultern. »Wie Ihr meint. Werdet Ihr lange brauchen, um Euren Auftrag auszuführen?«

»Ich weiß es nicht«, sagte Seikei.

Kushi zeigte auf einen Sake-Laden auf der anderen Straßenseite. »Ich werde dort drüben auf Euch warten.«

Das Klostertor stand offen und war unbewacht. Seikei betrat den schmalen Steinpfad, der dahinter begann, und fand sich kurz darauf in einem kleinen Hain wieder. Hier und da sprossen Grasbüschel und Unkraut zwischen den Steinen empor. Seikei war überrascht, dass niemand den Pfad pflegte.

Der Weg wand sich um den Fuß des Hügels und endete ganz plötzlich auf einer Lichtung. In ihrer Mitte erblickte Seikei eine große dreistöckige Pagode, deren überhängendes Dach im nachmittäglichen Sonnenschein golden glänzte. Der Anblick war atemberaubend, doch auf den zweiten Blick erkannte Seikei, dass die Pagode genau wie der Steinpfad etwas heruntergekommen war. In den oberen Stockwerken klafften Lücken im Geländer und etliche Dachziegel fehlten oder waren lose.

Erst als Seikei direkt davorstand, nahm er eine Bewegung im Inneren der Pagode wahr, ein vager Hinweis darauf, dass dieses merkwürdige Kloster nicht ganz so menschenverlassen war, wie es den Anschein hatte. Ein Mönch in orangeroter Kutte eilte aus einer Tür. Er wirkte sehr kräftig und hatte zwei Eisenstangen bei sich, die an einem Ende durch einen Holm verbunden waren. Eine *Jitte*, erkannte Seikei. Er hatte schon einmal miterlebt, wie ein derart bewaffneter Mann seinem Gegner das Schwert aus der Hand gerissen hatte.

»Ihr wünscht?«, fragte der Mönch.

»Ich möchte mit dem Kaiser sprechen«, antwortete Seikei.

»Wir tragen hier keine Titel«, antwortete der Mann kurz angebunden.

Seikei rief sich in Erinnerung, was er über den Kaiser gesagt bekommen hatte. »Dann möchte ich mit Yasuhito sprechen«, sagte er. Eigentlich hieß es, es bringe Unglück, den Namen des Kaisers auszusprechen.

»Er meditiert gerade«, sagte der Mönch. »Sein Lehrer wird Euch vermutlich nicht erlauben, die Sitzung zu stören.«

»Das respektiere ich«, sagte Seikei. »Ich werde daher warten.«

Der Mönch warf einen Blick auf Seikeis Schwerter. »Niemand darf Waffen in unser Kloster bringen.«

Seikei seufzte. Kushi hatte Recht gehabt. Es wäre besser gewesen, die Schwerter draußen zu lassen. Da er keinerlei Absicht hegte, den Mönch herauszufordern, der mit Sicherheit meisterliche Kampfkünste beherrschte, würde er seine Waffen wohl hier abgeben müssen.

Er band die Scheiden von seinem Obi los und hielt sie dem Mönch hin. Der jedoch wich einen Schritt zurück und deutete auf eine hölzerne Schwertablage auf der

Veranda. Seikei lief hinüber und stellte fest, dass dort bereits ein Paar Samurai-Schwerter lagen. Er schien nicht der einzige Gast in diesem Kloster zu sein.

Ohne seine Waffen machte er sich auf den Weg in die Richtung, die der Mönch ihm gewiesen hatte. Auf der Rückseite der Pagode bot sich ihm plötzlich ein solch überwältigendes Bild, dass er staunend stehen blieb. Hunderte von Chrysanthemen blühten im Sonnenlicht, als habe jemand goldbestickte Decken auf dem Boden ausgebreitet. In der Mitte dieses Farbenmeers glitzerte ein blauer Teich, aus dem merkwürdig geformte graue Steine herausragten. Einer der größeren Felsbrocken war gespalten und aus dem Spalt wuchsen zwei Kiefern. Jenseits des Teiches erstreckte sich ein Wald, dessen sattes Grün dem Betrachter das Gefühl vermittelte, er befinde sich in der Abgeschiedenheit der Natur, nicht inmitten einer geschäftigen Stadt.

Zwei Mönche, der eine jung, der andere alt, saßen auf einer Holzplattform am Rande des Teiches. Seikei war es unangenehm, sie stören zu müssen, denn er konnte sich gut vorstellen, wie schön es war, sich hier auszuruhen. Er persönlich hätte die Schönheit dieses Ortes fast schon zu berauschend gefunden, um noch meditieren zu können.

Als Seikei seinen Fuß auf die Plattform setzte, hob der ältere Mönch den Blick. Dann stand er auf und kam auf Seikei zu. Die Augen des Mannes wirkten viel jünger als sein restlicher Körper; es war, als würden sie Seikei mit einem einzigen Blick bis auf den Grund seiner

Seele durchschauen. »Wie ich sehe, kommt Ihr im Auftrag des Shogun«, sagte der Mönch, dem das Wappen auf Seikeis Kimono nicht entgangen war.

»Ja«, sagte Seikei. »Er schickt mich, damit ich mit dem Kai... mit Yasuhito spreche. Ist er das?«

Statt zu antworten, drehte der Mönch sich zum Teich um und sagte: »Der Duft der Chrysanthemen.«

Seikei dachte erst, das sei eine Aufforderung, tief einzuatmen, doch dann wurde ihm klar, dass dies ein Zitat war, die erste Zeile eines bekannten Gedichtes. »›Und in Nara‹«, sagte Seikei, »›all die alten Buddhas.‹«

Der Mönch sah Seikei überrascht an, als müsse er ihn neu bewerten. Offenbar war das Gedicht eine Prüfung gewesen, und der Mönch hatte nicht erwartet, dass Seikei sie bestehen würde. Wie hätte er auch wissen können, dass Basho, der Verfasser dieser Zeilen, Seikeis Lieblingsdichter war? Als Sohn eines Teehändlers war Seikei nicht in der Lage gewesen, die Samurai-Künste Schwertkampf oder Bogenschießen zu üben. Aber er hatte Gedichte lesen können und sogar selbst einige zu schreiben versucht, wie Samurai es taten. Der große Basho war zu seiner wichtigsten Inspirationsquelle geworden.

Nun fiel Seikei auch ein, dass Basho sich seinerzeit dem Zen-Buddhismus verschrieben hatte, und es kam ihm nur natürlich vor, dass dessen Verse als Meditationshilfe verwendet wurden.

Der Mönch schien eine Entscheidung getroffen zu haben. Er trat beiseite, als lade er Seikei ein, sich dem Kaiser zu nähern.

Vorsichtig ging Seikei voran. Der Kaiser sah sogar noch jünger aus als vierzehn. Der Ausdruck in seinem Gesicht jedenfalls war alles andere als friedvoll. Er wirkte verärgert, als würde er angesichts der Landschaft vor sich am liebsten aufspringen, um ein paar der kunstvoll arrangierten Steine im Teich zu versenken, Blumen auszureißen oder Bäume zu entwurzeln.

Seikei setzte sich mit etwas Abstand neben ihn, wobei er so wenig Geräusche wie möglich zu machen versuchte.

»Ihr habt meine Meditation unterbrochen«, sagte der Junge, ohne den Blick vom Teich abzuwenden.

»Das tut mir leid«, entschuldigte sich Seikei.

»Spielt keine Rolle. Ich bin sowieso nicht gut darin.« Endlich sah der Junge Seikei an. »Möchtet Ihr eine Schale Brei?«

»Nein, danke.«

»Ich schon. Ich habe schon während der Meditation an nichts anderes denken können.« Er bedeutete dem älteren Mönch, näher zu kommen. »Oyuka, bringt mir etwas Gingkonussbrei. Und für ihn auch eine Schale«, sagte er und nickte in Richtung Seikei.

Wortlos entfernte sich der Mönch. Seikei war angesichts der Art, wie der Junge den älteren Mann behandelt hatte, peinlich berührt.

»Ich möchte wirklich keinen Brei«, sagte er.

»Das hab ich schon verstanden«, erwiderte sein Gegenüber. »Aber wenn Oyuka zwei Schalen bringt, kann ich doppelt so viel essen wie sonst. Sie geben mir alles, was ich will, aber sie wollen, dass ich möglichst wenig esse, also werden die Schalen ziemlich klein sein.«

Seikei runzelte die Stirn. »Und warum tun sie das?«

»Sie meinen, es sei für meinen Geist besser, wenn ich weniger esse. Außerdem sind im Gingkobrei Garnelen, und Buddhisten halten gar nichts davon, Tiere zu essen.«

»Eigentlich meinte ich eher: Warum geben sie Euch alles, was Ihr wollt?«

Der Junge machte den Mund auf, um zu antworten, hielt dann aber inne und beäugte Seikei kühl. »Wie heißt Ihr?«

»Ich bin Seikei, Sohn von Ooka Tadesuke, Samurai und offizieller Abgesandter des Shogun«, stellte Seikei sich förmlich vor.

»Ha!« Der Junge verzog das Gesicht. »Da seid Ihr wohl mächtig stolz drauf, was?«

Seikei brauchte einen Augenblick, um sich zur Ruhe zu zwingen. Er wollte die erste Begegnung mit dem Kaiser nicht damit enden lassen, dass er ihn in den Teich stieß.

»Ja«, sagte er also betont gelassen. »Ich bin stolz auf das, was ich bin. Und wer seid Ihr?«

»Oyuka nennt mich *Risu*, Eichhörnchen, weil ich so viele Gingkonüsse esse.«

»Das seid Ihr also? Ein Eichhörnchen?«

Auf Yasuhitos Gesicht blitzte Zorn auf und löste den verächtlichen Ausdruck einen Augenblick ab. Doch der beunruhigende Moment war so schnell wieder vorbei, wie er gekommen war. »Ich habe viele Namen. Risu ist so gut wie jeder andere.«

Oyuka kam mit einem Tablett, auf dem zwei Schalen dampften. Nachdem er es abgesetzt hatte, blieb er stehen, um weitere Anweisungen abzuwarten. »Geht weg«, sagte Risu. »Ich möchte mich mit Seikei weiterunterhalten. Er amüsiert mich.«

Der Brei roch gut, fett und nussig. Während Risu an seiner Schale nippte, griff Seikei nach der anderen. Doch noch bevor er sie berühren konnte, schlug Risu ihm auf die Hand.

»Ihr wolltet doch gar keinen Brei, schon vergessen?«

Seikeis Gesicht war glühend heiß. Wie gut, dass er seine Schwerter zurückgelassen hatte. Nachdem er seinen Ärger unter Kontrolle hatte, sagte er: »Manche Leute glauben, wenn man vom Kaiser geschlagen wird, stirbt man.«

»Das halte ich für ausgemachten Blödsinn«, erwiderte Risu zwischen zwei Schlucken. »Ich habe schon viele Leute geschlagen und nur wenige von ihnen sind gestorben – und auch die nicht sofort.« Plötzlich schien ihm aufzugehen, was er soeben verraten hatte. Er stellte die Schüssel mit einem harten Knall auf dem Tablett ab, sah Seikei in die Augen und nahm die zweite Schale mit einem herausfordernden Blick in die Hand.

»Also seid Ihr der Kaiser?«, fragte Seikei leise.

»Die Leute *glauben*, ich sei es«, erwiderte Risu. »Aber sie irren sich.«

# Zwei Minister, zwei Meinungen

In der Tat entsprach Risu kein bisschen der Vorstellung, die Seikei vom Kaiser gehabt hatte. Andererseits hatte er ja auch noch nie zuvor einen Kaiser kennengelernt, also war vielleicht einfach seine Vorstellung falsch gewesen.

»Wieso glauben die Leute, Ihr wärt der Kaiser, wenn Ihr es in Wirklichkeit gar nicht seid?«, fragte er.

Risu zuckte mit den Schultern. »Wer weiß das schon?«, erwiderte er. »Sie wollen einfach glauben, dass jemand Kaiser ist. Ich war noch ein Kind, als sie mich auserwählt haben.«

»Aber ... hat es Euch denn nicht gefallen, Kaiser zu sein?«

»Ihr seid wohl etwas schwerhörig, oder? Ich sagte doch gerade, ich bin nicht der Kaiser.«

»Ja, aber ... Ich meine ... Hat es Euch nicht gefallen, die Dinge tun zu können, die Ihr getan habt, während die Leute glaubten, Ihr wärt der Kaiser? Zum Beispiel im Frühling die Reissaat auszubringen. Das habt Ihr doch schon mal getan, oder nicht?«

Risu blickte sich um, als frage er sich, wo Oyuka abgeblieben war. Es war nicht zu übersehen, dass er längst aufgehört hatte, die Unterhaltung mit Seikei amüsant zu finden. Ich muss es unbedingt schaffen, seine Aufmerksamkeit zu gewinnen, dachte Seikei.

»Wenn Ihr dieses Jahr nicht die Reissaat ausbringt, werden sie Euch hier keinen Gingko-Brei mehr geben«, wagte er sich vor. »Und was macht Ihr dann?«

Risu kniff die Augen zusammen. »Oyuka wird mir trotzdem ...« Dann besann er sich. »Ich werde Mönch. Dafür bin ich hier.«

»Essen alle Mönche so einen Brei? Oder nur Ihr allein?«

Risu gab keine Antwort.

»Also ...«, sagte Seikei. »Wie wär's, wenn Ihr im Frühjahr einfach wieder die Reissaat ausbringt? Ich glaube kaum, dass Ihr einen guten Mönch abgeben würdet. Ihr wisst doch, jeder hat seinen Platz im Leben ... und muss seine Pflichten erfüllen ... und die Eure ist ...«

»Wie könnt Ihr so etwas sagen?«, unterbrach ihn Risu. Er wirkte ernsthaft verärgert. »Soll ich etwa so tun, als wäre ich der Kaiser, obwohl ich es nicht bin? Wieso gebt *Ihr* denn nicht vor, der Kaiser zu sein, und bringt die Reissaat aus?«

Ich wünschte, ich könnte es, dachte Seikei. »Nun, die Leute wissen, dass ich nicht der Kaiser bin. Wie kommt Ihr eigentlich darauf, dass Ihr es nicht seid? Schließlich habt Ihr doch auch in den letzten Jahren die Reissaat ausgebracht, oder nicht?«

»Ja, habe ich«, erwiderte Risu leise.

»Habt Ihr da auch schon gedacht, Ihr wärt nicht der Kaiser?«

»Da war ich mir nicht sicher«, sagte Risu. »Außerdem hat Uino mich gezwungen, es zu tun. Er war der Hohepriester, er konnte mich zu allem zwingen. Aber jetzt ist er tot.«

»Habt Ihr deswegen beschlossen, dass Ihr nicht der Kaiser seid? Weil Uino gestorben ist?«

»Nein, nein.« Risu machte eine abwehrende Handbewegung. »Als ich zum Kaiser erhoben wurde und auf Amaterasu wartete ... Nein, das werde ich Euch nicht erzählen. Aber dieses Jahr, nachdem Uino starb ... Da habe ich in der Palastbibliothek eine Schriftrolle gelesen, und da erfuhr ich, warum ... warum ...« Er schien nicht zu wissen, wie er den Satz zu Ende bringen sollte.

»Wieso Ihr nicht der Kaiser seid?«, versuchte Seikei ihm auf die Sprünge zu helfen.

»Wieso Amaterasu nicht zu mir gekommen ist!« Risu wirkte plötzlich zorniger denn je und in seinen Augen standen unverkennbar Wuttränen.

Seikei war verwirrt, aber er hatte das Gefühl, etwas sehr Wichtiges erfahren zu haben. »Wo ist diese Schriftrolle jetzt?«, fragte er.

Risu hatte ihm mittlerweile den Rücken zugekehrt. »Geht weg«, sagte er. »Ich will meditieren.«

»Aber jetzt sagt mir doch ...« Seikei brach ab, als er eine Hand auf seiner Schulter spürte. Er sah hoch. Oyuka war wie aus dem Nichts hinter ihm aufgetaucht.

»Vielleicht könntet Ihr ein andermal wiederkommen«, sagte der Mönch. Seine Stimme klang ruhig, aber Seikei hatte trotzdem das Gefühl, unbedingt gehorchen zu müssen.

Er stand auf. Ein letztes Mal sah er zu Risu hin und überlegte, was er noch sagen könnte.

Risu spürte, dass Seikei noch nicht weg war. »Es ist die Kusanagi-Schriftrolle«, sagte er über die Schulter. »Aber *Ihr* würdet niemals verstehen, was da steht.«

Seikei wartete nicht darauf, dass Oyuka ihn hinausbegleitete. Stumm ging er den Pfad entlang zur Pagode und dachte über das nach, was er soeben gehört hatte. Plötzlich entdeckte er jenseits des Teiches eine weitere meditierende Gestalt. Das Haar des Mannes war weiß und er trug einen dunkelblauen Kimono. Dies musste der Besucher sein, der das andere Schwerterpaar auf der Veranda abgelegt hatte. Wahrscheinlich war er einfach hergekommen, um zu meditieren, aber Seikei hielt es nicht für ausgeschlossen, dass er sein Gespräch mit Risu mitgehört hatte. Wenn ja, dann schien die Unterhaltung jedenfalls nicht seine Konzentration gestört zu haben.

Auf der anderen Straßenseite wartete bereits Kushi.

»Ich muss zum Kaiserpalast«, sagte Seikei zu ihm.

Der Samurai schnaubte. Offenbar hatte er während des Wartens einige Tassen Sake getrunken. »Ihr verschwendet nur Eure Zeit«, sagte er, »wenn Ihr meint, dort irgendetwas erreichen zu können.«

»Warum?«

»Ich war im Auftrag des Gouverneurs schon einige Male dort. Der Kaiser hat zwei Minister – einen für Rechtsangelegenheiten und einen für Linksangelegenheiten. Schon allein um dem Kaiser eine Nachricht zu überbringen, muss man das Einverständnis beider Minister einholen.«

»Und was ist daran so schwer?«, fragte Seikei.

»Die beiden sind *nie* einer Meinung. Dafür sind sie da. Ursprünglich sollte damit gewährleistet werden, dass dem Kaiser nicht immer nur eine Sicht der Dinge vorgesetzt wird, aber mittlerweile verhindert dieses System, dass er überhaupt noch irgendwas erfährt, also muss er auch nie Entscheidungen treffen.«

Offenbar wusste Kushi nicht, dass der Kaiser sich gar nicht mehr im Palast aufhielt. »Ich werde es trotzdem versuchen«, beschloss Seikei. »Ich habe ein ganz einfaches Anliegen.«

Aber wie sich herausstellte, war bei den Ministern für Rechts- und Linksangelegenheiten gar nichts einfach. Die beiden saßen nebeneinander auf zwei Plattformen in einem riesigen Saal, größer noch als der, in dem der Shogun die wichtigsten offiziellen Versammlungen abhielt. Die Minister waren genau gleich gekleidet – mit einem purpurroten Kimono, auf dem das kaiserliche Chrysanthemen-Wappen prangte. Der Torwächter, der Seikei einließ, wies ihn an, sich vor die Minister auf eine Matte zu setzen und darauf zu warten, dass einer von ihnen das Wort an ihn richtete.

Die beiden Männer lasen Schriftrollen, tranken Tee und beachteten Seikei nicht im Geringsten. Wenn er irgendwo anders so behandelt worden wäre, hätte er es als schwere Beleidigung des Shogun aufgefasst. Doch der Kaiser stand über dem Shogun, und Seikei wusste, dass das Verhalten der Minister als Demonstration ihres hohen Ranges zu verstehen war.

Endlich rollte der Minister für Rechtsangelegenheiten – oder zumindest war er derjenige, der rechts saß – seine Schriftrolle zusammen und tat so, als bemerke er Seikei erst jetzt. Doch statt ihn anzusprechen, wandte er sich an seinen Amtskollegen.

»Seid Ihr gerade beschäftigt?«, fragte er seinen linken Amtskollegen.

»Ja, ziemlich«, erwiderte der Minister für Linksangelegenheiten.

»Soll ich mich dieser Aufgabe allein annehmen?«, fragte sein rechter Kollege.

Der Linke ließ die Rolle sinken und starrte Seikei an. Das Wappen auf Seikeis Jacke schien seine Antwort entscheidend zu beeinflussen. »Nein, das könnte wichtig sein«, sagte er und fügte dann hinzu, »und ich möchte nicht, dass Ihr einen Fehler begeht.«

»Bringt Euer Anliegen vor«, befahl der rechte Minister streng.

»Ich würde gern eine Schriftrolle aus der Bibliothek einsehen«, sagte Seikei.

»Nein«, rief der Minister für Linksangelegenheiten sofort.

»Ich bin anderer Meinung«, sagte der andere. »Wir sollten doch wohl erst einmal in Erfahrung bringen, um welche Rolle es überhaupt geht.«

»Um die Kusanagi-Rolle«, sagte Seikei.

»Nein«, rief nun auch der rechte Minister und Seikei sank der Mut.

»Das ist eine besonders interessante Rolle«, sagte sein linker Kollege, was Seikei wieder Hoffnung schöpfen ließ. »Woher wisst Ihr davon?«

Seikei holte tief Luft und ihm fiel ein, was der Richter einmal zu ihm gesagt hatte: »Außer in Fällen, wo die Offenbarung der Wahrheit eindeutig Schaden anrichten würde, ist es immer besser, sich für die Wahrheit statt für eine Lüge zu entscheiden. Denn jede Lüge erschafft sofort eine Welt, die es nicht gibt, und dann muss man sich den Rest dieser Scheinwelt auch noch ausdenken.«

»Der Kaiser hat mir davon erzählt«, sagte Seikei.

Die Wirkung seiner Worte war verblüffend. Keiner der beiden Minister brachte ein Wort heraus. Erst starrten sie Seikei an, dann einander, und schließlich nahm der eine seine Schriftrolle wieder in die Hand, als könnte er darin eine Antwort finden. Der andere holte einen Schreibpinsel aus dem Ärmel, wedelte damit aber nur sinnlos durch die Luft.

Irgendwann hatte sich der Minister für Rechtsangelegenheiten so weit erholt, dass er fragen konnte: »Hat … hat der Kaiser Euch angedeutet, warum er an der Schriftrolle interessiert ist?«

Seikei überlegte.

»Nicht dass die Rolle *wirklich* interessant wäre«, ging der Minister für Linksangelegenheiten dazwischen.

Wieder entschied sich Seikei für die Wahrheit. »Er sagte, das Schriftstück würde mir helfen zu begreifen, warum er nicht der Kaiser ist.«

»Das kommt nicht infrage«, entschied der rechte Minister streng.

»Theoretisch könntet Ihr die Rolle schon haben, aber wir finden sie vielleicht nicht«, sagte der andere.

»Oder wir finden sie doch, aber Ihr könnt sie nicht lesen«, fügte sein Kollege hinzu.

»Und selbst wenn Ihr sie lesen könntet, würdet Ihr sie wahrscheinlich nicht verstehen.«

»Und selbst wenn Ihr sie verstehen könntet ...«, sagte der rechte Minister.

»Könnte er nicht«, unterbrach ihn der linke.

»Aber *wenn* ...«

»Aufhören!«, schrie Seikei, und seine Stimme echote im riesigen Saal.

Die beiden starrten ihn an.

»Hier drin darf nicht geschrien werden«, sagte der Minister für Rechtsangelegenheiten beleidigt.

»Außer, man hat einen guten Grund«, schränkte sein Kollege ein.

»Den Ihr aber nicht habt«, sagte der andere.

Seikei ging dazwischen, bevor der Linke antworten konnte. »Doch, habe ich«, sagte er schnell. »Ich bin im offiziellen Auftrag des Shogun unterwegs, und in seinem Namen erbitte ich auch Zugang zu dieser Schriftrolle.« Er zögerte, bevor er weitersprach. »Wenn nötig, kann ich Samurai herbeirufen, die die Befehle des Shogun mit Gewalt durchsetzen.«

»Ach, der Shogun«, sagte der rechte Minister verächtlich.

»Der Kaiser steht über dem Shogun«, belehrte der linke Minister Seikei.

»Und zwar in *allen* Angelegenheiten«, fügte der andere hinzu. Beide blickten selbstgefällig auf Seikei hinunter. Offensichtlich waren sie in dieser Sache ausnahmsweise doch mal einer Meinung.

Seikei wurde allmählich wütend. »Der Kaiser ist nicht hier«, sagte er. »Was, wenn *er* Euch persönlich befehlen würde, mir die Rolle zu zeigen?« Seikei wusste, dass dies höchst unwahrscheinlich war, aber er wollte die Minister endlich von ihrem hohen Ross herunterholen.

Vergeblich. »Der Kaiser ist noch jung«, sagte der Minister für Rechtsangelegenheiten.

»Und junge Menschen brauchen Führung«, ergänzte der andere und warf einen vielsagenden Blick in Seikeis Richtung.

»Zuweilen ist er nicht in der Lage, sich ein rechtes Urteil zu bilden«, sagte der erste Minister. »Deswegen stehen wir ihm als Berater zur Seite.«

»Zuweilen bildet er sich freilich durchaus ein rechtes Urteil«, sagte der linke.

»Aber sei es so oder so – entscheiden tun immer *wir*.«
»Falls wir uns einig werden.«
Und das würde, wie Seikei in diesem Moment endgültig klar wurde, natürlich niemals geschehen.

# Tod im Kloster

Niedergeschlagen verließ Seikei den Palast. Es war mehr als unwahrscheinlich, dass der Gouverneur tatsächlich Samurai schickte, um die Herausgabe der Schriftrolle zu erzwingen. Und es war natürlich auch eine leere Drohung gewesen, den Kaiser selbst zu einem direkten Befehl zu veranlassen. Wer konnte schon sagen, ob der Kaiser ein zweites Mal bereit wäre, auch nur mit Seikei zu sprechen – geschweige denn, ihm einen Gefallen zu tun?

Kushi begleitete Seikei zurück zum Sitz des Gouverneurs. Dort wurde ihm ein Gästehaus zugewiesen, das etwas abseits vom Hauptgebäude stand. Zum Abendessen hätte er sich jede erdenkliche Delikatesse kommen lassen können, aber nach dem Misserfolg im Palast war ihm der Appetit vergangen. Er nahm nur eine Schale Reis und Tee zu sich und lag dann noch lange grübelnd wach, bis ihn schließlich der Schlaf übermannte.

Ein Klopfen an der Tür weckte Seikei. Wie erschlagen von den Erlebnissen des Vortags, versuchte er die Störung zu ignorieren, bis Kushis Stimme an sein Ohr drang. Schlaftrunken schob Seikei die Tür auf. Vor ihm stand Kushi, begleitet von zwei weiteren Samurai. Und die Gesichter der drei Männer waren alles andere als freundlich.

»Zieht Euch an«, sagte Kushi, und es klang nicht wie eine Bitte. »Der Gouverneur möchte Euch augenblicklich sprechen.« Keiner fragte, ob Seikei zum Wachwerden eine Schale Tee wünschte.

Auch der Gouverneur nicht. Hektisch bügelte er mit den Händen über sein Gewand und warf Seikei dabei böse Blicke zu, als hätte er soeben erfahren, dass niemand anders als Seikei schuld an den Falten in seinem Kimono sei.

»Die Sache hat eine unglückliche Wendung genommen«, begann der Gouverneur.

Dies war eine geringe Überraschung für Seikei.

»Der Kaiser ist wieder verschwunden.«

Seikei blinzelte verblüfft. Damit hatte er nun allerdings gar nicht gerechnet. »Ich dachte, die Mönche würden ihn im Auge behalten.«

»Ja, die Mönche.« Der Gouverneur zupfte heftig an einem Ärmel. »Es sind einige getötet worden.«

»Getötet? Wie ist das passiert?«

»Ihr wisst es also nicht?«

»Wie könnte ich irgendetwas wissen? Habt Ihr einen Richter eingesetzt, der die Sache untersuchen soll? Mein Vater, Richter Ooka …«

Der zornige Blick des Gouverneurs ließ ihn verstummen. »Der gute Ruf Eures *Adoptiv*vaters ist mir durchaus bekannt. Aber es wurde bereits ein anderer Abgesandter des Shogun auf die Sache angesetzt. Er befindet sich bereits im Kloster. Meine Männer werden Euch nun ebenfalls hinbringen.« Der Gouverneur glättete energisch ein paar Falten. »Ich rate Euch«, schloss er, »dem Mann die Wahrheit zu sagen, ansonsten wird er Euch durch Folter dazu zwingen.«

Damit wendete er sich von Seikei ab, der nur noch fassungslos ins Leere starren konnte.

Auf dem Weg zum Kloster wurde Seikei klar, dass die drei Männer weniger seiner Gesellschaft dienten, als vielmehr dazu, ihn am Weglaufen zu hindern. Aber wie kam der Gouverneur bloß darauf, dass er mit diesen erschreckenden Entwicklungen etwas zu tun haben könnte?

Wie am Vortag ließen sie ihre Pferde am Klostertor zurück. Doch diesmal standen dort noch mindestens sechs weitere Pferde. Seikei hätte den Steinpfad gerne nach Spuren eventueller Eindringlinge abgesucht, aber die Samurai drängten ihn voran.

In der Pagode herrschte ein reges Treiben. Zwei Mönche schrubbten die hölzernen Stufen, andere brannten Räucherstäbchen ab und sangen rituelle Lieder. Ganz klar – hier hatte vor Kurzem ein gewaltsamer Tod stattgefunden. Offenbar war der schwergewichtige Mönch mit dem Jitte überwältigt und getötet worden. Auch an der Pagode hätte Seikei sich den Tatort gern näher angesehen, was ihm jedoch verwehrt wurde.

Auf der Rückseite des Gebäudes erwartete Seikei wieder die Landschaftskulisse, die ihm gestern noch so unfassbar schön vorgekommen war. Doch nun wurde dieses Bild von Tod und Gewalt überschattet. Einige der Chrysanthemen, die am Teichufer wuchsen, waren niedergetrampelt worden. Mehrere Samurai, die ihre beiden Schwerter nicht am Eingang zurückgelassen hatten, durchforsteten eifrig das Ufergelände, und Seikei sah nun ein, dass der Mönch seinerzeit Recht gehabt hatte: Ihre Waffen zerstörten den Frieden des Gartens.

Zwei andere Samurai standen neben etwas, was Seikei auf den ersten Blick für ein nasses Kleiderbündel hielt. Erst als er sich näherte, begriff er, dass es die Leiche eines Mönchs war, die man offenbar gerade aus dem Wasser gezogen hatte. Doch es war nicht diese Erkenntnis, die Seikei beinahe die Fassung verlieren ließ, sondern die Tatsache, dass plötzlich jemand auftauchte, mit dem Seikei hier in Kyoto nicht im Entferntesten gerechnet hätte.

Yabuta Sukehachi, der Hauptwächter des Inneren Gartens, kam auf Seikei zu – der Mensch, vor dem Richter Ooka ihn so eindringlich gewarnt hatte. Und Yabutas Gesichtsausdruck ließ erkennen, dass er nicht vorhatte, Seikei zu seiner erfolgreichen Mission zu gratulieren.

»Ihr wart gestern schon hier«, sagte Yabuta und es klang wie eine Feststellung.

Seikei nickte.

»Ich möchte Euch etwas zeigen.« Yabuta führte Seikei zu der Leiche, die aus dem Wasser geborgen worden war. Einer der Samurai drehte sie auf den Rücken.

»Erkennt Ihr den Mann?«, fragte Yabuta.

Seikei widerstand dem Drang, sich abzuwenden. Die Augen des Toten waren offen und die Zähne zornig zusammengebissen. Quer über seiner Kehle klaffte ein Schnitt, durch den alles Blut aus seinem Gesicht geronnen war.

»Das ist Oyuka, der Mönch, der Ri…, ich meine, dem Kaiser das Meditieren beigebracht hat«, sagte Seikei.

»War er Eurer Meinung nach gefährlich?« Der bedrohliche Unterton in Yabutas Stimme ließ Seikei aufhorchen.

»Dieser Mann? Nein, keineswegs.«

»Überrascht es Euch zu erfahren, dass er von allen Klosterbewohnern bei weitem der geübteste Ju-Jutsu-Kämpfer war?«

Ju-Jutsu? Die Kunst, ohne Waffen zu kämpfen? Seikei hatte einmal miterlebt, wie der Ninja Tatsuno sie angewandt hatte – und sowohl ein Pferd als auch dessen bewaffneten Reiter mit bloßen Händen zu Boden gezwungen hatte. »Das ist mir neu«, sagte Seikei.

»Was meint Ihr, wie viele Männer wohl gebraucht wurden, um ihn zu überwältigen?«

»Oyuka war alt. Bestimmt hätte jeder ihn überwältigen können«, antwortete Seikei leichthin, doch im selben Moment erinnerte er sich an die Autorität, die der Mönch ausgestrahlt hatte.

»Auch fünf Männer hätten ihn nicht in die Knie zwingen können«, entgegnete Yabuta. »Außer, es handelte sich bei dem Gegner um jemanden, den er beschützen sollte – und auf keinen Fall berühren durfte.« Yabuta sah Seikei an. »Oder um jemanden, der keinen Verdacht erregte, als er sich ihm näherte – mit einem verborgenen Messer im Kimono.«

Worauf will Yabuta hinaus?, fragte sich Seikei. Dachte er etwa, der Kaiser habe …? Aber wieso sollte er …?

»Was habt Ihr gestern zum Kaiser gesagt?« Yabuta spuckte seine Frage förmlich aus.

Seikei versuchte sich zu erinnern. Es war ein seltsames Gespräch gewesen.

Yabuta fasste sein Zögern als Schwäche auf. »Ihr hattet den Auftrag, ihn zu überzeugen, seine Pflichten wieder aufzunehmen«, sagte er. »Und, habt Ihr?«

»Nun … Er sagte, er sei gar nicht der Kaiser.«

»Was Ihr aber natürlich durchschaut habt«, erwiderte Yabuta sarkastisch. »Wollen wir mal sehen, ob wir Eurem Gedächtnis auf die Sprünge helfen können.« Er gab ein Handzeichen, woraufhin die Minister für Rechts- und Linksangelegenheiten den Pagodenhügel heruntergeführt wurden. Sie wirkten wie zwei Pfaue, denen ein Falke das Federkleid zerrupft hat.

Kaum waren sie herangetreten, als einer von ihnen bereits mit dem Finger auf Seikei zeigte. »Das ist er!«

Yabuta lächelte zufrieden. Der andere Minister starrte Seikei misstrauisch an, blieb aber stumm.

»Ihr habt diesen Samurai also schon einmal gesehen?«, fragte Yabuta den Mann, der eben gesprochen hatte.

»Ja, er war gestern im Palast.«

»Gestern *Nachmittag*«, betonte der andere Minister.

»Er hat uns gedroht«, fuhr der erste fort.

»*Erst* hat er uns Befehle erteilt, *dann* gedroht«, verbesserte der zweite.

»Euch Befehle erteilt?«, ging Yabuta dazwischen. »Was für Befehle?«

»Er wollte, dass wir ihm eine Schriftrolle aus der Palastbibliothek aushändigen.«

»Er tat so, als könnte er sie *verstehen*.«

»Und sagte, er könnte den Kaiser dazu bewegen, uns zu zwingen, sie ihm zu geben.«

»Und dass ...«

Yabuta machte dem Gespräch mit einer kurzen Handbewegung ein Ende. Dann wandte er sich an Seikei. »Warum habt Ihr nach dieser Schriftrolle gefragt?«

»Der Kaiser ...«, setzte Seikei an.

»Ihr habt doch eben gesagt, er sei gar nicht der Kaiser gewesen«, unterbrach ihn Yabuta.

»*Er* hat gesagt, er sei nicht der Kaiser.« Seikei merkte, dass Yabuta ihn dumm dastehen lassen wollte.

»Weiter«, drängte Yabuta. »Was steht auf der Rolle?«

»Das weiß ich nicht«, gab Seikei zu. »Der Kaiser – der Junge, dem ich gestern hier begegnet bin – er sagte, die Rolle würde die Erklärung dafür liefern, warum er nicht der Kaiser sei.«

Beide Minister wichen entsetzt einen Schritt zurück. »*Nicht* der Kaiser?«, schrie einer mit schriller Stimme. »Aber das ist doch Unsinn!«

»Ein Sakrileg!«, fügte der zweite empört hinzu. Er drehte sich zu Yabuta um. »Ihr solltet ihn wegen Majestätsbeleidigung hinrichten lassen.«

»Darüber werde *ich* entscheiden«, erwiderte Yabuta unwillig. Dann sah er Seikei an. »Und was hat der Kaiser gesagt, als Ihr dann noch mal hierher zurückgekommen seid?«, fragte er mit aalglatter Stimme.

»Zurückgekommen? Ich bin nicht mehr hierher zurückgekommen«, sagte Seikei.

»Ach nein? Aber Ihr habt diesen beiden Ministern doch gesagt, Ihr würdet Euch vom Kaiser einen offiziellen Befehl einholen, oder nicht?«

»Ich wollte doch nur, dass sie mir die Schriftrolle zeigen. Nur deswegen habe ich das gesagt.«

»Aber als sie Euch die Rolle dann nicht einsehen ließen, seid Ihr doch sicherlich wieder hergekommen, um den Kaiser zu bitten …«

»Und dann habt Ihr ihn entführt«, warf der eine Minister ein, als sähe er den ganzen Ablauf klar vor sich.

»Weil er sich weigerte, den Befehl zu erteilen«, fügte der zweite hinzu.

»Ich glaube, da steckt etwas anderes dahinter«, sagte Yabuta. Er bedeutete seinen Männern, eine weitere Person aus der Pagode herauszuführen.

Und Seikeis Überraschung hätte nicht größer sein können.

# Das Kurzschwert

Während er den Hügel hinabschritt, verbeugte sich der Mann respektvoll vor jedem, an dem er vorbeikam. Es war Takanori, der Ronin, den Seikei auf der Straße nach Kyoto getroffen hatte. Er sah etwas besser aus als bei ihrer ersten Begegnung – offenbar war er in den Genuss eines heißen Bades und frischer Kleidung gekommen.

Er verbeugte sich vor Seikei, den beiden Ministern und schließlich – und das war die tiefste Verbeugung von allen – vor Yabuta. Offensichtlich wusste Takanori sehr gut Bescheid, wer hier das Sagen hatte.

»Habt Ihr diesen Mann schon einmal gesehen?«, fragte ihn Yabuta.

Takanori warf Seikei einen flüchtigen Blick zu, dann antwortete er: »Aber natürlich, Herr. Vor zwei Tagen, auf der Tokaido-Straße.«

»Worüber habt Ihr gesprochen?«

»Über etwas sehr Wichtiges. Ich habe ihm dasselbe erzählt wie Euch auch.«

»Und zwar?«

»Dass meinem Herrn, dem Fürsten Shima, große Ungerechtigkeit wider...«

»Nicht das. Was habt Ihr ihm sonst noch erzählt?«

»Ihr meint, über Fürst Ponzu?«

»Ja«, sagte Yabuta ungehalten.

Bestimmt ist er schnell mit Folter bei der Hand, wenn jemand nicht gleich das sagt, was er hören will, dachte Seikei.

Takanori fuhr sich mit der Zunge über die Lippen, als versuche er, sich seine Geschichte richtig zurechtzulegen. »Nun, ich habe ihm davon erzählt, dass Fürst Ponzus Männer meinen Daimyo getötet haben und dass er nun einen Aufstand gegen den Shogun plant«, erzählte er.

»Und was hat dieser junge Samurai *getan*, nachdem Ihr ihm das berichtet hattet?«, fragte Yabuta.

»Nun, er hat mir etwas Suppe spendiert.« Takanori senkte dankbar vor Seikei den Kopf.

»Hat er Euch eingeladen, ihn nach Edo zu begleiten, damit Ihr Eure Informationen den Männern des Shogun überbringt?«

»Nein, er hatte es eilig, Herr. Er musste dringend hierher nach Kyoto.«

Yabuta wandte sich an Seikei. »Und als Ihr hier angekommen wart, habt Ihr diese wichtigen Informationen sofort an den Gouverneur weitergegeben, wie es Eure Pflicht ist?«

»Nein«, gestand Seikei. »Ich fand die Geschichte dieses Mannes unglaubwürdig.«

»Das obliegt doch wohl sicherlich nicht *Eurer* Entscheidung.« Yabutas Ton war eisig. »Oder seid Ihr etwa ein Richter des Shogun, der die offizielle Befugnis hat, so etwas zu untersuchen?«

Seikei schüttelte den Kopf. Yabuta hatte natürlich Recht, aber irgendwie verdrehte er die Tatsachen. Die Warnung seines Adoptivvaters fiel ihm ein.

»Wir vergeuden hier nur Zeit«, sagte er. »Der Kaiser ist entführt worden und ...«

»Ja, erzählt uns doch ein bisschen davon. Wenn Ihr uns schnell die Wahrheit sagt, werde ich milde sein.«

»Damit habe ich nichts zu tun!«, rief Seikei. »Fragt den Samurai, der mich zum Palast begleitet hat. Wir sind von dort direkt zum Sitz des Gouverneurs zurückgegangen.«

»Ich habe ihn bereits befragt. Er hat bestätigt, dass er Euch zum Gouverneur zurückgebracht hat. Aber Ihr hättet trotzdem leicht noch einmal zum Palast gehen können, den Weg kanntet Ihr ja.«

»Das könnt Ihr doch unmöglich glauben! Wieso sollte ich diese Mönche töten wollen? Und was sollte ich mit dem Kaiser vorhaben?«

Yabuta beugte sich ganz nah zu Seikei. Seine Stimme war nun heiser und so leise, dass niemand außer Seikei ihn verstehen konnte. »Ich werde Euch sagen, was ich glaube. Ihr habt diesen Mann auf der Straße getroffen und von den üblen Machenschaften gegen den Shogun erfahren. Oh ja, ich habe schon davon gehört, dass Ihr gern Verbrechen aufklärt, als wärt Ihr selbst ein Richter so wie Euer Adoptivvater. Nun, da er nicht hier ist, um Euch durch seinen offiziellen Auftrag zu decken, habt Ihr beschlossen, die Sache auf eigene Faust anzugehen. Aber diesmal habt Ihr Euch in Eurer Gier nach Ruhm etwas ausgesucht, was eine Nummer zu groß für Euch ist.«

Yabutas Stimme umsäuselte Seikei in einem rhythmischen Singsang und schnürte ihm die Kehle zu. Der Vorsteher des Inneren Gartens verdrehte doch alles! Seikei war, als säße Yabuta an einem Webstuhl wie eine alte Frau und verwebte Lügen zu einer schweren, erstickenden Decke.

»Ihr hättet von dem geplanten Aufstand berichten sollen«, fuhr Yabuta etwas lauter fort. »Doch das habt Ihr nicht getan. Und als Ihr hier wart, habt Ihr erfahren, dass der Kaiser zu fliehen gedenkt. Also habt Ihr Euch, statt dem Gouverneur die Informationen zu liefern, auf die Suche nach der Schriftrolle begeben, um damit eigenhändig den Beweis für die aufständischen Pläne vorlegen zu können.«

»Mir schien auch, als plane er, den Kaiser in irgendeiner Weise zu beeinflussen«, wagte sich der Minister für Linksangelegenheiten vor und deutete mit dem Finger auf Seikei.

»Was habt Ihr mit ihm gemacht?« Sein rechter Kollege neigte sich mit einer bedrohlichen Donnerstimme zu Seikei hin.

Verärgert winkte Yabuta eine Wache herbei. »Bringt diese Beiden irgendwohin, wo sie nicht miteinander reden können«, befahl er.

Als sie weggeführt wurden, erinnerten die beiden verdutzten Minister nun eher an gackernde Hühner denn an stolze Pfaue. Seikeis Genugtuung angesichts dieses Anblicks währte jedoch nicht lange.

»Ihr habt versagt«, sagte Yabuta. »Ihr habt nicht das getan, was Eure Pflicht gewesen wäre, und deswegen befindet sich nun der Shogun – der Euch vertraut hat – in großer Gefahr.«

»In was für einer Gefahr denn?«, rief Seikei. »Ihr nehmt diesem Mann doch nicht ernsthaft seine Geschichte ab.« Er deutete auf den Ronin, der sich wieder verbeugte.

»Ihr kennt nur einen Teil dessen, was hier vor sich geht«, erwiderte Yabuta.

»Außerdem weise ich den Vorwurf zurück, dass ich irgendetwas mit dem Verschwinden des Kaisers zu tun habe«, sagte Seikei.

Yabuta riss die dunklen, kalten Augen weit auf, und Seikei musste sich große Mühe geben, dem Blick standzuhalten. Es war, als schaue er in einen schwarzen, bodenlosen See.

»Aber Ihr habt zugelassen, dass er verschwunden ist«, sagte Yabuta. »Und als freier Mann ist er gefährlich.«

»Ich kann mir kaum jemanden vorstellen, der *weniger* gefährlich wäre«, entgegnete Seikei.

»Was Ihr Euch vorstellen könnt, interessiert hier niemanden.«

»Ich werde dem Gouverneur berichten, dass ...«, begann Seikei.

»Er weiß bereits alles über Euch«, schnitt Yabuta ihm das Wort ab. »Nicht nur, dass Ihr es versäumt habt, ihn über einen geplanten Aufstand zu informieren – Ihr habt Euch auch andere Dinge zuschulden kommen lassen. Ich bin im Besitz mehrerer Herbergsrechnungen, die belegen, dass Ihr Euch bei jeder Übernachtung zwischen hier und Edo üppige Mahlzeiten bestellt habt. Ihr habt Dienste in Anspruch genommen, als wärt Ihr ein Daimyo, nicht ein Kurier des Shoguns, der einen Auftrag auszuführen hat.«

Seikei senkte den Kopf. Diesen Vorwürfen konnte er nichts entgegensetzen, auch wenn Yabuta die Schwere seiner Schuld kräftig aufbauschte. Da fiel ihm etwas ein. »Augenblick mal«, sagte er. »Gestern war außer mir noch ein anderer Fremder hier. Dieser Mann könnte gehört haben, was ich zum Kaiser gesagt habe. Er könnte bestätigen …«

»Wo ist dieser Mann jetzt?«, unterbrach ihn Yabuta.

»Ich weiß es nicht, aber gestern trug er einen blauen Kimono, und er hatte seine beiden Schwerter bei den Wachen am Tempeleingang gelassen.« Seikei zögerte. »Zumindest nehme ich an, dass es seine Schwerter waren.«

Yabuta schürzte spöttisch die Lippen. »Eine äußerst hilfreiche Beschreibung. Zu dumm, dass sonst niemand diesen Samurai erwähnt hat. Vielleicht habt Ihr ihn Euch nur eingebildet.«

Seikei wollte widersprechen, aber er wusste, dass es sinnlos war. Er senkte wieder den Kopf. »Wie kann ich

Euch helfen, den Kaiser zu finden?«, fragte er demütig.

»Den Kaiser finden?« Yabuta gab sich keine Mühe, die Häme in seiner Stimme zu verbergen. »Ich glaube, wir hatten schon genug von Eurer *Hilfe*.« Er leckte sich die Lippen. »Kennt Ihr den Leitspruch: ›Ein Samurai hat zwei Schwerter. Wenn das lange versagt, muss das kurze siegreich sein.‹?«

»Ja«, erwiderte Seikei nach kurzem Zögern. Er wusste, was Yabuta damit meinte.

»Die Wachen werden Euch wieder zu Eurem Zimmer begleiten«, sagte Yabuta. »Ich schlage vor, Ihr denkt darüber nach, was passiert, wenn öffentlich bekannt wird, dass Ihr versagt habt. Die Ehre Eures Adoptivvaters, Richter Ooka, würde dadurch tief verletzt. Ihr – nur Ihr allein – könnt ihm diese Schande ersparen.«

Auch das verstand Seikei nur zu gut. Wie betäubt folgte er den Wachen und überlegte dabei fieberhaft, wie er bloß so viele Fehler hatte begehen können. Dabei hatte ihn Richter Ooka doch sogar noch vor Yabuta gewarnt. Das machte Seikeis Scheitern umso unerträglicher.

Beim Sitz des Gouverneurs angekommen, nahmen die Wachen Seikeis Pferd mit sich und ließen ihn im Gästehaus zurück. Seine Schwerter durfte er natürlich behalten. Yabuta wollte schließlich, dass er sie benutzte – oder zumindest eins davon.

Das nämlich war es, was Yabuta ihm nahegelegt hatte: Wenn es einem Samurai nicht gelang, seinen

Feind mit dem Langschwert zu besiegen, war es seine Pflicht, sein Kurzschwert einzusetzen – und zwar gegen sich selbst.

Seikei hatte immer geglaubt, dass er bereit sein würde, seine Ehre auf diese Weise zu retten, wenn es so weit kommen sollte. Er hatte zwar noch nie mit eigenen Augen gesehen, wie ein Samurai *Seppuku* beging, doch einmal hatte er miterlebt, wie der Schauspieler Tomomi sich hingekniet und dem Schwert seinen Nacken hingehalten hatte, bereit, den Tod als Preis der Ehre entgegenzunehmen.

Doch Seikei hatte auch von anderen Samurai gehört, die es nicht geschafft hatten, ihrem Leben ein Ende zu machen, als sie dazu aufgefordert wurden. Manche baten dann einen vertrauenswürdigen Diener darum, ihnen den Kopf abzuschlagen. Andere stießen sich zwar das Schwert in den Bauch, aber so ungeschickt, dass sie sich danach nur noch in Todesqualen winden und darauf warten konnten, dass sie verbluteten.

Seikei zog das Kurzschwert aus der Scheide. Es war eine kostbare Waffe, die er vom Gouverneur der Provinz Yamato geschenkt bekommen hatte, nachdem er einen Ninja namens Kitsune besiegt hatte. Und der Gouverneur hatte es seinerseits wiederum samt dem Langschwert lange zuvor bei einer Wette gegen Seikeis Adoptivvater gewonnen.

Tränen traten Seikei in die Augen, als er an den einen Menschen dachte, den er mehr respektierte als jeden anderen. Was würde der Richter wohl empfinden, wenn er erfuhr, dass Seikei Unehre über sich gebracht hatte? Würde er Seikeis Entscheidung, Seppuku zu begehen, gutheißen? Würde Seikeis Selbstmord überhaupt beweisen, dass es Seikeis einziger Wunsch war, die Ehre seines Adoptivvaters zu wahren?

Eine Erinnerung flatterte durch Seikeis Gedanken wie eine Amsel, die kurz vor dem Sturm über den grau verhangenen Himmel fliegt. Immer wieder hatte Seikei sich mit Richter Ooka über die Pflichten eines Samurai unterhalten. Einmal, als er gerade eines der vielen Bücher über dieses Thema las, hatte der Richter zu ihm gesagt: »Diese Bücher beherbergen viele edle Gedanken. Aber die sicherste Gewissheit darüber, was die eigene Pflicht ist und ob man sie erfüllt hat oder nicht, ist nicht in einem Buch zu finden, sondern im Herzen.«

Seikei drehte das Schwert in der Hand herum und betrachtete die glänzende Klinge, die so scharf war, dass sie ein herabfallendes Blatt mühelos in zwei Hälften teilen konnte. Er dachte an das, was der Richter gesagt hatte.

Es gab noch einen anderen Weg.

## Schwere Verhandlungen

Seikei schnitt sich mit seinem Kurzschwert die Haare ab, sodass er nicht mehr als Samurai zu erkennen war. Dann machte er sich ein Hachimaki-Stirnband, beschriftete es mit dem Wort »Ehre« und band es sich um den Kopf. Damit bekundete er nach außen hin seinen Entschluss, das Stirnband so lange zu tragen, bis er seinen Auftrag erfüllt hatte.

Unbemerkt schlich er sich aus dem Gästehaus und verließ das Anwesen des Gouverneurs. Yabuta hatte es offenbar nicht für nötig befunden, einen Wachmann für ihn abzustellen. Wenn Seikei die Flucht dem Selbstmord vorzog, wäre das nur ein weiterer Beleg dafür, wie unwürdig Seikei war, im Dienste des Shogun zu stehen.

Seikei wusste, wohin er sich als Erstes wenden musste. In der Stadt, in der er seine Kindheit verbracht hatte, gab es Leihhäuser, in denen Bedürftige Kredit bekommen konnten, wenn sie dafür etwas Wertvolles als Pfand daließen. Wenn sie innerhalb einer bestimmten Frist das Geld zuzüglich einer Gebühr zurückzahlten, bekamen sie ihr Pfand wieder.

So etwas musste es auch in Kyoto geben. Und tatsächlich entdeckte Seikei ein solches Leihhaus nicht weit vom Sitz des Gouverneurs entfernt. Der Eigentümer, ein älterer Mann, hatte ein Gesicht wie aus antikem Porzellan, durchzogen von einem Netz feinster Risse. Er zuckte mit keiner Wimper, als Seikei ihm seine Schwerter anbot.

»Wollt Ihr unter die Geschäftsleute gehen?«, fragte er, während er die Klingen in Augenschein nahm.

Seikei gab keine Antwort. Bei dem Gedanken, die Schwerter in diesem Laden zu lassen, dreht sich ihm beinahe der Magen um. Als er damals das abgenutzte alte Holzschwert abgelegt und stattdessen diese beiden Meisterwerke aus edlem Stahl an sich genommen hatte, war er erst wirklich zum Samurai geworden. Wenn er nun scheiterte, würde er seine Schwerter nie mehr zurückgewinnen können. Das würde ihm nicht nur noch mehr Schande einbringen, sondern es wäre ihm zudem natürlich auch unmöglich, einen ehrenhaften Tod durch Seppuku zu wählen.

Der alte Mann zählte zwanzig Ryo auf den Tresen und sah hoch. Das war ein lächerlicher Betrag, weit weniger, als die Schwerter wert waren. Aber was sollte Seikei tun? Er dachte daran, wie sein leiblicher Vater immer geklagt hatte, er habe keinerlei Geschäftssinn. »Dich kann jeder reinlegen!«, hatte er geschimpft. »Du wirst alles, wofür ich mein Leben lang gearbeitet habe, verlieren!«

Von wegen. Seikei blickte den alten Mann an und schüttelte den Kopf. Der alte Mann tat tödlich beleidigt.

So hatte Seikeis Vater auch immer reagiert, wenn ein Kunde sich geweigert hatte, den geforderten Preis für den Tee zu bezahlen.

Aber Seikei blieb nach außen hin hart. Er griff nach den Schwertern, als wollte er sie wieder mitnehmen.

Der alte Mann legte weitere zehn Ryo auf den Tresen. Seikei hielt inne, ohne ein Wort zu sagen.

Schließlich seufzte der Leihhausbesitzer. »Ich mache Euch einen Vorschlag«, sagte er. »Wenn Ihr mir Euren Kimono auch dalasst, lege ich noch fünf Ryo drauf. Wenn Ihr Eure Schwerter ablegt, habt Ihr für das Gewand ja ohnehin keine Verwendung mehr. Ihr seid nicht mehr im Dienst des Shogun.«

Der Mann hat Recht, dachte Seikei. »Aber dann brauche ich etwas anderes zum Anziehen«, sagte er und sah sich im Laden um. »Wie wäre es damit?« Er deutete auf ein Happu, eine schlichte blaue Jacke, wie sie die Botenjungen des Ladenbesitzers trugen.

»Seid Ihr auf der Suche nach einer Anstellung?«, fragte der alte Mann.

»Nein, ich habe bereits einen Auftrag«, erwiderte Seikei.

Nachdem er den Laden verlassen hatte, fühlte er sich merkwürdig schwindlig, und immer wieder griff er an den Gürtel, wo er die Schwerter schmerzlich vermisste. Aber er hatte keine Zeit, dem Verlust hinterherzutrauern. Als Allererstes musste er herausfinden, was in dieser Kusanagi-Schriftrolle stand.

In einer Straße nicht weit vom Kaiserpalast entfernt kaufte Seikei einem Bauern, der mit seinem beladenen Karren in die Stadt gekommen war, einen kleinen Korb Birnen ab. Auch wenn der Kaiser nicht da war, würden sich schließlich im Palast viele andere Menschen aufhalten – Mitglieder der kaiserlichen Familie, Angestellte, Beamte, Diener. Und sie alle mussten etwas essen. Jemand, der Lebensmittel in den Palast lieferte, würde somit sicher kein Aufsehen erregen.

Und so war es auch. Es fiel Seikei nicht schwer, entlang der Palastmauer den Lieferanteneingang zu finden. Von dort folgte er seiner Nase und befand sich wenig später mitten im emsigen Treiben der Palastküche. Wie erwartet war sie riesengroß und unübersichtlich – Fisch wurde ausgenommen, Dampf quoll aus kochenden Reiskesseln und Diener trugen Tabletts ein und aus. Keiner beachtete Seikei, als er den Korb mit Birnen abstellte und sich ein Tablett schnappte.

Bestimmt befand sich die Bibliothek nahe der Halle, in der die Minister weilten. Keiner der beiden würde weit gehen wollen, wenn er eine Schriftrolle brauchte. Seikei fand ohne Mühe den Flur wieder, durch den er am Tag zuvor gegangen war. Jetzt konnte er nur noch hoffen, dass die Minister noch immer in Yabutas Gewahrsam waren, sodass er ihnen nicht über den Weg lief.

Eine junge Dienerin kam aus einem Gang auf Seikei zu und runzelte die Stirn, als sie den Fremden sah Seikei stellte sich dumm. »Bibliothek?«, fragte er mit schriller Stimme.

Sie zeigte auf eine Tür am anderen Ende des Flurs. Seikei bedankte sich mit einer tiefen Verbeugung, bei der er fast das Tablett ausgekippt hätte. Als er vor der Tür ankam, warf er einen Blick über die Schulter und sah, dass die Dienerin stehen geblieben war und ihm nachschaute, ob er auch wirklich hineinging.

Er schob die Tür auf und betrat die Bibliothek. Ihre Wände waren mit Regalen bedeckt, die Hunderte von Schriftrollen aller Größen beherbergten. Manche waren so riesig, dass man sie allein gar nicht würde herausnehmen können, andere so klein, dass sie in einen Kimonoärmel passten. In der Mitte des Raums lagen einige Matten aus, auf die man sich setzen konnte, und durch die Fenster auf der gegenüberliegenden Seite drang Sonnenlicht herein.

Zum Glück schien kein Mensch da zu sein. Seikei stellte das Tablett ab und machte sich an die Arbeit. Jede Rolle war an der Seite beschriftet und Seikei suchte fieberhaft nach der Aufschrift »Kusanagi«. Ein ziemlich aussichtsloses Unterfangen – es waren unzählige Dokumente und jederzeit konnte jemand hereinkommen. Vielleicht hatte das Dienstmädchen, das ihm den Weg gewiesen hatte, schon längst den Wachen Bescheid gesagt.

Plötzlich fiel Seikeis Blick auf einen Lacktisch, auf dem einige Rollen lagen, die noch nicht wieder eingeordnet worden waren. Natürlich! Yabuta hatte die Kusanagi-Rolle doch gelesen, sie war ihm ja von den Ministern gezeigt worden. Seikei sah die Ablage durch –

und ein kleiner Triumphschrei kam über seine Lippen. Tatsächlich! Mit klopfendem Herzen ergriff er das Schriftstück mit der Aufschrift »Kusanagi«.

Und was jetzt? Die Rolle war zwar ziemlich klein, aber Seikei hatte keine Zeit, sie hier zu lesen. Und es war sehr riskant, sie mitzunehmen – wenn er durchsucht wurde, würde man sie sofort finden. Nun gut, er hatte keine andere Wahl.

Seikei stopfte das Dokument in seine Jacke, schob die Tür auf und spähte auf den Flur hinaus. Niemand da. Lautlos schlich er wieder in Richtung Küche.

Auf einmal hörte er aufgeregte Rufe. In der Annahme, dass das Verschwinden der Schriftrolle entdeckt worden war, blieb er wie angewurzelt stehen. Doch im nächsten Moment wurde ihm klar, dass die Rufe von draußen kamen, sie hatten nichts mit ihm zu tun.

In der Küche traf er auf zwei Palastwachen, die die Köche befragten. Seikei erstarrte und er machte sich bereit wegzurennen, falls jemand ihn als Besucher von gestern erkennen sollte.

Doch wieder war seine Sorge unbegründet: Offenbar waren die Wachen auf der Suche nach jemandem, der in einen Schrein auf dem Palastgrund eingebrochen war. Anscheinend wurde dieser Schrein nur sehr selten aufgesucht, sodass man den Einbruch erst heute entdeckt hatte.

Niemand aus der Küche hatte irgendetwas Verdächtiges bemerkt. Im Schutz seiner Happu-Jacke konnte Seikei unbeachtet nach draußen schlüpfen. Doch als er sich dem Tor näherte, durch das er den Palast betreten hatte, verlangsamte er den Schritt. Es hatte sich eine Schlange gebildet – die Wachen durchsuchten jeden, der den Palast verlassen wollte.

»Sie sind auf der Suche nach etwas, was aus dem Schrein gestohlen wurde«, hörte Seikei eine Stimme sagen. Er drehte sich um – hinter ihm standen zwei Händler mit leeren Karren. Sie hatten ihre Waren wohl schon im Palast abgeliefert und wollten nun schnellstmöglich nach Hause.

»Ja, ich weiß«, bestätigte der zweite Mann. »Da, schau mal, die beiden Shinto-Priester. Seltsam, dass die hier am Tor sind. Sonst sieht man sie nur selten außerhalb ihrer Schreine.«

»Ich habe gehört, es sei die Heilige Purpurhalle gewesen, in die eingebrochen wurde«, sagte der andere.

»Ach so? Das ist doch einer der allerheiligsten Orte«, sagte sein Begleiter. »Ich glaube, er wird nur betreten, wenn ein neuer Kaiser auf den Thron erhoben wird.«

Der erste Mann senkte die Stimme, und Seikei machte einen Schritt zurück, um besser zu hören. »Mir ist da ein Gerücht über den Kaiser zu Ohren gekommen«, sagte der Händler. Doch dann flüsterte er so leise, dass Seikei nichts mehr verstand. Wahrscheinlich erzählte er ohnehin nur das, was Seikei schon wusste – dass der Kaiser vermisst wurde und das Volk derzeit keine Verbindung zur Göttin Amaterasu hatte.

Die Schriftrolle unter Seikeis Jacke fühlte sich mittlerweile an wie ein rot glühendes Holzscheit. Es war zwar nicht die Kusanagi-Rolle, nach der die Wachen fahndeten, doch wenn sie Seikei durchsuchten, würden sie unweigerlich darauf stoßen. Irgendjemand würde bestimmt erkennen, dass das Dokument aus der Palastbibliothek stammte, und Seikei hatte keine Ahnung, wie er erklären sollte, warum er es bei sich trug.

Er ließ sich in der Schlange zurückfallen, bis die beiden Händler vor ihm waren. Offenbar hatten sie nichts zu befürchten, die Durchsuchungsaktion der Wachen bedeutete für sie nur eine lästige Verzögerung. Jeder der beiden zog einen einachsigen Karren hinter sich her, in dem eine dünne Strohschicht den Boden bedeckte.

Mit dem Mut der Verzweiflung fasste Seikei einen Entschluss. Er hielt seinen Arm über den Karren und ließ die Schriftrolle aus dem Ärmel ins Stroh gleiten. Dann deckte er hastig etwas Stroh darüber. Dem Händler war die Bewegung nicht entgangen. Er drehte sich um und beäugte Seikei misstrauisch. Seikei zupfte einen Strohhalm heraus und begann sich damit die Ohren zu reinigen. Beruhigt drehte der Mann sich wieder zu seinem Begleiter um.

Seikei ließ sich noch ein paar Schritte zurückfallen und gab sich alle Mühe, ein unschuldiges Gesicht aufzusetzen. Aber ihm war klar, dass er darin nicht sehr gut war – der Schweiß stand ihm auf der Stirn, seine Knie zitterten, und vor Aufregung wäre er beinahe gestolpert. Instinktiv wollte er nach seinen Schwertern greifen, um sich selbst zu gemahnen, sich wie ein Samurai zu benehmen, doch die Schwerter waren natürlich nicht da.

Wie erhofft hatten die beiden Händler keine Schwierigkeiten, das Tor zu passieren. Sie mussten nur aus ihren Kimonos schlüpfen und sie ausschütteln, wobei es zu einem freundlichen Wortgeplänkel mit den Wachen kam. Nach einem flüchtigen Blick in die Karren wurden die beiden Händler durchgewunken.

Seikei gab sich Mühe, genauso gelassen zu wirken, als er seine Jacke und sein Monohiki-Beinkleid ablegte. Die Wachen ließen sich Zeit und untersuchten die Jacke gründlich auf versteckte Taschen. Seikei fröstelte an der kühlen Luft und musste sich zusammenreißen, um die Wachen nicht zur Eile anzutreiben. Noch gestern, im Kimono mit dem Shogun-Wappen, hätte er nicht gezögert, genau dies zu tun. Er konnte nur hoffen, dass die zwei Händler nicht schon verschwunden waren, wenn er endlich durch das Tor konnte.

Schließlich schienen sich die Wachen davon überzeugt zu haben, dass Seikei nichts zu verbergen hatte. So schnell wie möglich legte er sein Monohiki wieder an. In die Jacke schlüpfte er noch im Hinauslaufen. Erleichtert entdeckte er die beiden Händler mit ihren Karren am anderen Ende der Straße.

Doch noch während er auf sie zulief, geschah etwas, was Seikei das Blut in den Adern gefrieren ließ. Der Mann, in dessen Karren er die Schriftrolle versteckt hatte, blieb stehen. Er stellte seinen Karren ab, ging um ihn herum und begann, das Stroh darin glatt zu streichen. Bestürzt musste Seikei zusehen, wie er die Schriftrolle entdeckte, hochnahm und seinem Freund zeigte.

# Überzeugungsarbeit

Als Seikei die beiden Händler eingeholt hatte, waren sie schon mitten im schönsten Streit.

»Wir müssen das sofort den Wachen aushändigen«, sagte der eine und fuchtelte mit der Schriftrolle in der Luft. »Sonst kriegen wir mächtig Ärger.«

Der zweite schüttelte den Kopf. »Nein, genau das würde uns den Ärger erst einbringen. Die würden dich doch sofort fragen, wie du in den Besitz von etwas kommst, was dir nicht gehört.«

»Na, ich sage halt, dass ich es in meinem Karren gefunden habe.«

Sein Freund schnaubte. »Und du meinst, das nehmen sie dir ab? Die werden denken, du hast es gestohlen, und weil du das Ding nicht verkaufen konntest, bringst du es jetzt wieder zurück, um die Belohnung zu kassieren.«

Der erste Mann blickte besorgt drein. »Aber was soll ich deiner Meinung nach dann damit tun?«

»Am besten legst du es in einen Schrein und überlässt die Entscheidung den Kami.«

Nur wenige Meter entfernt bückte sich Seikei und tat so, als müsste er seine Sandalen richten. Aus dem Augenwinkel sah er, wie der erste Mann die Schriftrolle ein Stück aufrollte. »Sieh dir das mal an«, sagte er zu seinem Begleiter. »Was für eine wunderschöne Handschrift. Ist wohl tatsächlich eine Belohnung wert.«

Der zweite Mann warf nur einen flüchtigen Blick darauf und wandte sich wieder ab. »Ach was. Ist mir zu verschnörkelt. Man kann es ja nicht mal lesen.«

»Bei der Schriftkunst geht es ja auch nicht um den Inhalt«, gab sein Freund zurück. »Sondern um die Schönheit.«

Seikei hielt es nicht länger aus. Kurz entschlossen ging er auf die beiden Männer zu. »Was habt Ihr denn da?«, wandte er sich an den Mann mit der Schriftrolle.

Der Angesprochene versteckte die Rolle eilig hinter dem Rücken. »Warum wollt Ihr das wissen?« Er beäugte Seikei misstrauisch. Seikei konnte nur hoffen, dass der Mann sich nicht daran erinnerte, wer im Palast hinter ihm in der Schlange gestanden hatte.

Umsonst gehofft. »He, Euch hab ich doch schon mal gesehen«, sagte der Händler mit einem listigen Blick.

»Ja, am Palasttor, kurz bevor Ihr die Rolle rausgeschmuggelt habt«, sagte Seikei. »Ich muss zugeben, das war ganz schön schlau von euch, sie im Stroh zu verstecken.«

Der zweite Mann wich einen Schritt zurück. »Lasst mich da bloß aus dem Spiel. Ich sehe den Mann heute zum ersten Mal.«

Der Mann mit der Schriftrolle schien ernstlich verletzt. »Yoshi!«, sagte er. »Seit sieben Jahren – oder sind es acht? – verkaufen wir unsere Waren gemeinsam im Palast.«

»Ach, du warst das immer neben mir? Hab nicht so darauf geachtet.«

»Ich habe das dumpfe Gefühl«, ging Seikei dazwischen, »dass die Schriftrolle genau das ist, wonach die Palastwachen so fieberhaft suchen.«

Mittlerweile streckte der Händler die Rolle von sich, als habe er eine giftige Schlange in der Hand.

»Und ich bin mir ziemlich sicher, dass sie eine dicke Belohnung dafür zahlen würden«, fuhr Seikei fort.

Das Entsetzen auf dem Gesicht des Mannes wich einem breiten Lächeln. »Genau dasselbe habe ich vorhin auch gesagt ... zu diesem Kerl namens Yoshi, der seltsamerweise behauptet, mich bis heute noch nie gesehen zu haben.«

»Und ich habe ihm daraufhin gesagt, was ich noch immer glaube: Mit diesem Ding handelt man sich nur Ärger ein«, winkte sein Begleiter ab.

»Ich mache Euch einen Vorschlag«, sagte Seikei und gab sich alle Mühe, dabei gleichermaßen ehrlich und dumm auszusehen. »Ihr gebt mir die Rolle und ich gehe für Euch zu den Wachen und frage, ob es dafür eine Belohnung gibt. Auf diese Weise fällt der Verdacht, falls es einen gibt, nicht auf Euch.«

»Und wenn sie wissen wollen, woher Ihr die Rolle habt?«, fragte Yoshi.

»Ich sage einfach, ich hätte sie auf der Straße gefunden«, antwortete Seikei. »Das müssen sie mir glauben, schließlich haben sie mich ja vorhin von oben bis unten durchsucht.«

»Hm. Was meinst du?«, wandte sich der erste Mann an Yoshi.

»Was ist denn für uns drin?«, fragte Yoshi Seikei.

»Für *uns*?«, wiederholte sein Freund. »Du hast doch gerade noch behauptet, du hättest mich …«

»Ihr wartet hier«, sagte Seikei hastig. »Hier ist es sicher. Ich komme dann mit der Belohnung zurück und wir teilen sie durch drei.«

»Ich weiß nicht, ob Euch ein volles Drittel zusteht«, sagte Yoshi. »Schließlich haben wir die Rolle entdeckt.«

»*Wir*?«, sagte sein Freund wieder.

»Nun …« Seikei streckte besänftigend die Hand aus. »Ihr gebt mir einfach, was Ihr für angemessen haltet.«

»Einverstanden.« Der erste Mann drückte Seikei die Schriftrolle in die Hand. Er schien heilfroh zu sein, sie loszuwerden.

Sein Begleiter wollte offenbar weiter über die Verteilung der Belohnung diskutieren, aber jetzt, wo er die Rolle hatte, hatte Seikei keine Zeit mehr zu verlieren. »Was immer Ihr für angemessen haltet«, sagte er noch einmal und machte sich auf den Weg zurück zum Palasttor.

Die Straße war mittlerweile voller Menschen, denn die Schlange derer, die beim Herauskommen durchsucht wurden, hielt auch die Menschen auf, die von draußen hineinwollten. Es bereitete Seikei keine Probleme, in der drängelnden Menge unterzutauchen und von den Bauern unbemerkt den Weg in eine kleine Seitenstraße einzuschlagen. Diese Straße bog hinter dem Palast scharf ab und war ziemlich schmal, sodass sie den Karren wenig Platz zum Rangieren bot. Bestimmt hatten die beiden Händler, denen Seikei die Rolle abgenommen hatte, noch nie diesen Weg gewählt und längst vergessen, dass es ihn gab.

Seikei seufzte erleichtert auf, als er unbehelligt die nächste Kreuzung erreichte und sich weiter vom Palast entfernte. Er schämte sich ein wenig wegen seiner List und fragte sich, wie lange die beiden Männer wohl auf seine Rückkehr warten würden. Aber was soll's, sagte er sich dann, sie hatten ja schließlich nichts verloren – außer ihrer Freundschaft vielleicht. Doch war das etwa seine Schuld? Seikei hatte ihnen nur abgenommen, was ihm gehörte ... nun ja, zumindest was er zuvor aus dem Palast gestohlen hatte. Wer also hatte überhaupt ein Anrecht darauf?

Er musste dringend einen Platz finden, wo er die Rolle lesen konnte. Früher oder später würde jemand merken, dass sie fehlte. Zwar hatte die Bibliothek menschenleer gewirkt, aber was, wenn Yabuta auch dort Spione versteckt hatte? Vielleicht waren ihm die Wachen ja längst auf den Fersen.

Er warf einen Blick über seine Schulter. Außer einer Geisha in einem edlen Kimono war niemand zu sehen. Seikei schaute genauer hin – verbarg sich am Ende hinter dieser Verkleidung der gute Bunzo, Richter Ookas treuer Gefolgsmann? Bunzo hatte sich schon einmal verkleidet und war Seikei die Tokaido-Straße entlang gefolgt, um sicherzustellen, dass er nicht in Schwierigkeiten geriet.

Aber nein. Seikei verbannte diesen Gedanken aus seinem Kopf. Diesmal hatte er sich längst in Schwierigkeiten gebracht, und es wäre unwürdig gewesen, zu erwarten, dass Bunzo ihm da wieder heraushalf. Das musste er ganz alleine schaffen.

Seikei bog noch einmal ab und befand sich nun auf einer stillen Straße, die von einigen kleinen Geschäften mit Töpferwaren und einem Shinto-Schrein gesäumt wurde.

Ein Schrein! Ein guter Ort, um zu lesen. Hier würde er einen Blick auf die Rolle werfen.

Aufgeregt betrat Seikei den Tempel und klatschte in die Hände. Dies sollte die Aufmerksamkeit des Kami wecken, der hier wohnte, weckte aber natürlich manchmal auch die Aufmerksamkeit eines Shinto-Priesters, der dann kam, um eine Opfergabe entgegenzunehmen.

Doch diesmal erschien niemand. Anscheinend war Seikei ganz allein – bis auf den Geist natürlich, der dem *Honden* innewohnte. Der Honden war ein kleines hölzernes Häuschen, das normalerweise um einen Naturgegenstand herum gebaut wurde – einen Stein, einen Baum oder irgendeine andere Stelle, die als einer der heiligen Verbindungspunkte zwischen Himmel und Erde ausgemacht worden war.

Nur die Priester hatten Zugang dazu. Wenn normale Leute sich hier zu religiösen Feierlichkeiten einfanden, versammelten sie sich im Hof davor. Auch Seikei setzte sich nun mit gekreuzten Beinen auf den Kiesboden und wickelte langsam die Schriftrolle auf. Grimmig dachte er an die spöttischen Bemerkungen des Kaisers und war fest entschlossen, endlich herauszufinden, was in dieser Rolle stand.

# *Das unbesiegbare Kusanagi*

*D*er Text auf der Schriftrolle war schwieriger zu lesen, als Seikei erwartet hatte, und ihm fiel ein, wie einer der Minister zu ihm gesagt hatte, er würde ihn ohnehin nicht verstehen. Was Seikei Probleme bereitete, war nicht etwa die ausgefeilte Schriftkunst. Er war ein großer Bewunderer kunstvoller Handschriften, und bisher hatte er noch jedes Zeichen ohne Mühe entziffern können.

Hier handelte es sich jedoch offenbar um eine sehr alte Form von Sprache. Seikei hatte schon davon gehört, dass manche Priester und Palastangestellte darin geschult wurden, alte Literatur zu lesen.

Doch für ausgedehnte Sprachstudien hatte er keine Zeit. Er musste den Text *jetzt* verstehen.

Den Kopf in die Hände gestützt, konzentrierte er sich ganz auf die Schriftzeichen und versuchte ihnen ihre Bedeutung zu entlocken. Er sprach ein stummes Gebet an den Kami, der dem Schrein innewohnte. Und tatsächlich: Nach einer Weile zeichneten sich Muster im Text ab. Es war, als würde sich in einem dichten Wald auf einmal der Nebel lichten, sodass Seikei sich plötzlich in einer wunderschönen Welt befand, die ganz anders war als jeder andere Ort, den er je zuvor gesehen hatte ...

*Es begab sich zu einer Zeit vor Anbeginn der Zeit, bevor Ninigi die Macht über das Land Nippon übernahm. Amaterasu herrschte über Himmel und Erde, und all die anderen Kami huldigten ihr. Alle – bis auf ihren Bruder, den verschlagenen Susanoo, der seiner Schwester ihre Macht und Schönheit neidete. Susanoo stampfte durch den Himmel, dass Blitze zuckten und Donner grollte. Er öffnete die Schleusen, sodass sich sintflutartige Regenfälle über die Erde ergossen und die Reisfelder zerstörten. Er ließ Vulkane ausbrechen und spaltete das Land mit Erdbeben. Schließlich schleuderte er ein Pferd in Amaterasus Webstube, sodass alle, die dort versammelt waren, in Angst und Schrecken auseinanderstoben.*

*Voller Furcht und Zorn flüchtete Amaterasu in eine Höhle. Mit ihr verschwand die Sonne und schwarze Finsternis verschluckte Himmel und Erde. Alle Kami sammelten sich vor der Höhle und flehten Amaterasu an, wieder herauszukommen, doch ihre Bitten waren vergebens. Selbst Susanoo bereute mittlerweile, was er getan hatte.*

*Schließlich griffen die Kami zu einer List. Ein Spiegel wurde vor der Höhle an einen Baum gehängt, und die Göttin Uzume setzte zu einem Tanz an, der alle zum Lachen brachte. Neugierig schlich Amaterasu zum Höhleneingang und spähte hinaus. Da erblickte sie ihr eigenes Spiegelbild und trat sofort vor die Höhle, um nachzusehen, wer dieser wunderschöne Geist wohl war. Sogleich stürzten sich zwei der stärksten Kami auf sie und hielten sie an den Händen, damit sie nicht wieder weglief. Dies war der Ursprung des Heiligen Spiegels.*

*Zur Feier ihrer Rückkehr bekam Amaterasu von den Kami einen herrlichen Edelstein geschenkt. Dies war der Ursprung des Heiligen Edelsteins.*

*Die Kami beschlossen, dass Susanoo für seine Schandtaten bestraft werden musste, und verbannten ihn auf die Erde. Dort sollte er bleiben, bis alles Übel, das er angerichtet hatte, wiedergutgemacht war. Und so wanderte er durch die Welt, bis er auf ein altes Ehepaar und seine Tochter traf. Unter Tränen erzählten ihm die beiden alten Leute, ein achtschwänziger Drache habe sieben ihrer Töchter geraubt und werde bald zurückkehren, um sich auch noch die letzte Tochter zu nehmen.*

*Susanoo legte das Ungeheuer mit einer List herein: Er bewirtete ihn mit einem Fass Wein, sodass der Drache berauscht einschlief. Dann schnitt er ihm mit dem Schwert alle acht Schwänze ab. Im Inneren des letzten entdeckte er ein anderes Schwert, dem große Macht innewohnte. Damit kehrte er in den Himmel zurück und überließ Amaterasu seine Trophäe, auf dass sie ihm verzeihen möge. Dies war der Ursprung des Heiligen Schwertes.*

*Einige Zeit später schickte Amaterasu Ninigi, einen ihrer Söhne, auf die Erde, auf dass er über das Land herrsche. Und sie gab ihm drei Gegenstände als Zeichen ihrer Herrschaft: den Spiegel, der sie aus der Höhle gelockt hatte, den Edelstein, der ihr von den Kami überreicht worden war, und das Schwert, das Susanoo gefunden hatte.*

*Als Ninigis Sohn Jimmu zum ersten Kaiser wurde, bekam er die drei Gegenstände übergeben, und er gab sie vor seinem Tod ebenfalls an seinen Sohn weiter. Und so geschah es von Generation zu Generation, bis hin zum zwölften Kaiser, der Keiko hieß. Dieser wurde nicht vom ganzen Volk als Herrscher anerkannt, und als er dies begriff, rief er seinen Sohn Yamato zu sich, gab ihm das Heilige Schwert und befahl ihm, alle Ländereien zu erobern, derer er habhaft werden könne.*

*Yamato zog aus, den Befehl seines Vaters auszuführen. Schon bald unterlagen viele Länder Keikos Herrschaft. Doch Yamatos Feinde verschworen sich und beschlossen, ihn zu töten. Sie lauerten ihm auf, als er eine weite, trockene Grasebene durchquerte, umzingelten ihn und legten Feuer. Als Yamato sein Leben durch den brennenden Grasring bedroht sah, zog er das Schwert und mähte damit das Gras nieder. Als Rache enthauptete er dann genau so viele Feinde, wie er Grashalme abgeschnitten hatte. Und so wurde das Schwert unter dem Namen Kusanagi berühmt – »das Schwert, welches das brennende Gras schnitt«.*

*Nachdem Yamato gemäß seinem Befehl alle Ländereien erobert hatte, brachte er das Schwert zum Atsuta-Schrein in Nagoya. Er fürchtete, jemand anders könnte in den Besitz der Kräfte des Schwertes kommen. Also belegte er es mit einem Bann, um sicherzustellen, dass nur ein Nachkomme Amaterasus es von seinem Ruheplatz fortbewegen konnte.*

*Die anderen beiden heiligen Gegenstände, der Spiegel und der Edelstein, werden im Kaiserpalast aufbewahrt. Zusammen mit einer Nachbildung des Schwertes kommen sie immer dann zum Einsatz, wenn ein neuer Kaiser auf den Thron erhoben wird.*

Und darunter stand, in einer Handschrift, die ganz offensichtlich von einem anderen Verfasser stammte:

> Niemand außer dem Hohepriester soll hiervon erfahren.

Seikei erschauerte und sah sich um, beinahe überrascht, sich im Schrein wiederzufinden. Die Sonne war längst verschwunden, ein spätnachmittäglicher Sturm braute sich zusammen. Bei jedem Windstoß lösten sich dicke Wolken von Laub von den Zweigen und segelten ringsum zu Boden. Seikei dachte an Amaterasu und ihren Bruder Susanoo, und an die Tausende von Kriegern, die wie Grashalme gefallen waren, als der Kaisersohn Yamato das mächtige Schwert namens Kusanagi geschwungen hatte.

Einige Teile der Legende hatte Seikei schon gekannt. Seine Mutter hatte ihm von der Erschaffung der Welt erzählt und dass der Kaiser ein Nachfahre Amaterasus war. Seikei war schon selbst im Schrein von Ise gewesen und hatte Amaterasu um Hilfe gebeten, als er auf den Spuren des Schauspielers Tomomi gewesen war.

Aber die Geschichte von dem Schwert, das das brennende Gras abmähte, hatte er noch nie gehört. Er verstand auch nicht, inwiefern sie erklären sollte, warum der Kaiser – Risu, das Eichhörnchen – glaubte, nicht der Kaiser zu sein.

Sicher, Risu hatte ihm schon prophezeit, dass er es sicher nicht verstehen würde. Genau wie die Minister für Rechts- und Linksangelegenheiten oder zumindest einer von ihnen. Der andere hingegen hatte gesagt: »Und selbst wenn Ihr verstehen würdet ...« Was dann? Könnte er dann ohnehin nichts unternehmen? Oder was hatte der Minister gemeint?

Yabuta jedenfalls schien die Botschaft verstanden zu haben, und er war dabei, etwas zu unternehmen. Aber was? Seikei war völlig verwirrt.

Er entschied, dass dies nicht die richtige Zeit war, sich darüber den Kopf zu zerbrechen. Erst einmal musste er unbedingt den Kaiser aufspüren und ihn zurückbringen, bevor Yabuta ihn fand. Unglücklicherweise enthielt die Schriftrolle keinerlei Hinweis darauf, wo der Kaiser sich aufhalten könnte.

Oder etwa doch? Dieser Schrein ... Der Atsuta-Schrein in Nagoya. Wenn der Kaiser tatsächlich vorhatte, sich des Schwertes zu bemächtigen, würde er vielleicht dorthin gehen.

Aber irgendwie kam es Seikei ja gar nicht so vor, als sei das Eichhörnchen besonders erpicht darauf, sich Macht anzueignen. Ihm schien es schon zu genügen, die Befehlsgewalt über eine Schale Gingkobrei zu haben.

Eines stand jedenfalls unumstößlich fest: Zwei Mönche waren getötet worden. Das Eichhörnchen hatte es sicher nicht getan, gleichgültig, was Yabuta glaubte. Wer auch immer es gewesen war – er musste von der Schriftrolle gewusst haben. Vielleicht war der Mörder in ausgerechnet diesem Moment unterwegs nach Nagoya und schleppte den Kaiser mit sich. Vielleicht hatte das Eichhörnchen mittlerweile die Erfahrung machen müssen, dass es auch Menschen gab, die ihn nicht als unantastbar ansahen.

Ein langer Blitz zuckte über den Himmel, einen Augenblick später von düsterem Donnergrollen gefolgt. Offenbar hat auch Susanoo heute einen schlechten Tag, dachte Seikei.

## Amaterasus Erscheinen

Der Sturm brach schnell herein. Begleitet wurde er von einem eiskalten Wind, einem Vorboten des nahenden Winters. Ladenbesitzer ließen hastig die Bambusläden vor ihren Fenstern herab, um ihre Geschäfte vor dem Regen zu schützen.

Orientierungslos eilte Seikei durch die Straßen und hielt nach einer Herberge Ausschau. Doch ihm war kein Glück beschert, er befand sich wohl im falschen Stadtteil.

Es dauerte nicht lange und Seikei war bis auf die Haut durchnässt. Er fröstelte im eisigen Wind. In seiner Verzweiflung flüchtete er in eine Seitengasse und kroch in ein leeres Fass, das auf der Seite lag. Hier war er zumindest vor dem Sturm geschützt und konnte etwas ruhen.

Doch die ganze Nacht hindurch krachten Blitz und Donner auf ihn herab und rissen ihn immer wieder aus dem Schlaf. Seikei träumte, Susanoo würde, mit einem Gesicht so wild wie das eines Dämons, mit Fäusten auf sein Fass einhämmern. Er rollte sich eng zusammen, um so wenig Körperwärme wie möglich zu verlieren.

Als er aufwachte, waren seine Kleider noch immer feucht, aber er fror zumindest nicht mehr. Dafür taten ihm vom unbequemen Liegen alle Knochen weh. Es hatte aufgehört zu regnen und die Sonne schien ins Fass hinein.

Plötzlich verdunkelte ein Schatten den hellen Schein. Seikei erschrak und riss den Kopf herum. Ein Gesicht starrte ihm von draußen entgegen. Ein Frauengesicht. Amaterasu? Seikei versuchte ihren Namen auszusprechen, aber nur ein heiseres Krächzen entrang sich seiner Kehle.

»Was tut Ihr da drin?«, fragte die Frau.

Seikei lächelte matt. Offenbar erlaubte Amaterasu sich einen Scherz mit ihm, schließlich war sie doch allwissend. Sie wusste alles, was es zu wissen gab …

Als er wieder aufwachte, lag er in einem Zimmer, bis unter die Nasenspitze zugedeckt. Seikei war völlig verschwitzt und lechzte nach Abkühlung. Vergeblich versuchte er die Decke abzustrampeln, sie war viel zu schwer.

Da erschien Amaterasu wieder. »Trinkt das«, sagte sie und half ihm, sich aufzurichten. Die Flüssigkeit in der Schale, die sie ihm an die Lippen hielt, war heiß. Seikei wollte zunächst nicht trinken, aber der erste kleine Schluck stimmte ihn um. So einen Tee hatte ihm seine Mutter immer gekocht, wenn er als Kind krank gewesen war, und das hatte ihn jedes Mal gesund und stark gemacht. Stark genug, um die Decke abzustrampeln.

Seikei schlief wieder ein, und als er seine Augen wieder öffnete, war es bereits dunkel. Susanoo war verschwunden, der Himmel war friedvoll. Seikei fühlte sich ziemlich schwach, aber nicht mehr überhitzt. Er erinnerte sich daran, wie Amaterasu ihm erschienen war, und überlegte, ob alles nur ein Traum gewesen war. Das Nachdenken fiel ihm schwer. Warum war ihm dieser Traum so wichtig? Es musste etwas mit der Schriftrolle zu tun haben.

Die Schriftrolle! Abrupt richtete er sich auf. Seine Kleider waren weg – und die Schriftrolle mit ihnen!

Nachdenken! Wer auch immer ihn gefunden hatte, hatte eindeutig nicht die Absicht gehabt, ihn auszurauben. Sonst würde er jetzt nicht in einem warmen Zimmer unter einer Decke liegen. Aber wo war sein Retter? Seikei klatschte in die Hände, in der Hoffnung, damit Amaterasu wieder anzulocken.

Das Geräusch verhallte in der Dunkelheit, nichts geschah. Vielleicht sollte er aufstehen, aber es war so schön gemütlich unter der Decke, und wenn doch ohnehin niemand da war …

Da wurde die Tür aufgeschoben und Amaterasu erschien wieder, eine Kerze in der Hand. Doch diesmal erkannte Seikei, dass es nur ein Mädchen war, vielleicht ein, zwei Jahre jünger als er selbst – und damit zu jung, um das Haar nach Frauenart hochgesteckt zu tragen. Stattdessen hing es zu beiden Seiten ihres Gesichts herab, sodass ihr Gesicht rund wie der Mond erstrahlte.

»Ah, wusste ich doch, dass ich etwas gehört habe«, sagte das Mädchen. »Geht es Euch besser?«

»Ja«, erwiderte Seikei. »Ich habe nur Hunger.« Erst als er es aussprach, wurde ihm bewusst, wie sehr es in seinem Magen rumorte.

»Vor morgen Früh kann ich Euch nichts anderes bringen als vielleicht ein bisschen eingelegten *Daikon*-Rettich.«

»Ich wäre für alles sehr dankbar«, sagte Seikei.

Das Mädchen nickte und verschwand. Kurze Zeit später tauchte sie mit ein paar Scheiben eingelegtem Rettich wieder auf. Seikei fand ihn köstlich. »Tut mir leid, dass wir Euch so wenig anbieten können«, entschuldigte sich das Mädchen. »Aber die Küche ist nachts immer abgesperrt.«

Seikei konnte sich keinen Reim darauf machen. »Wo bin ich hier?«, fragte er.

»Im Haus von Moriyama Yasuo. Er ist Reishändler.«

»Und warum hat er mich dann so großzügig aufgenommen?«

»Oh, er weiß nichts von Euch«, sagte das Mädchen. »Er ist auf Geschäftsreisen unterwegs.«

Seikei blinzelte. »Dann …«

»Ich habe Euch in dem Fass entdeckt. Und habe natürlich sofort erkannt, wer Ihr seid.«

»Tatsächlich?«

»Ja, natürlich, Ihr hattet doch die Schriftrolle dabei.«

»Ja, die Schriftrolle! Wo ist sie?«

»In dem Schränkchen dort drüben an der Wand. Eure Kleider auch. Ich habe sie selbst gereinigt. Na ja, Araori hat mir geholfen. Sie ist auch Dienerin hier und ich schlafe heute Nacht in ihrem Zimmer. Das hier ist normalerweise meins.«

So richtig wurde Seikei aus ihren Worten noch nicht schlau. Offenbar funktionierte sein Verstand immer noch etwas langsamer, obwohl das Fieber gesunken war. »Du weißt also, wer ich bin? Wegen der Schriftrolle?«

»Nicht nur wegen der Schriftrolle. Es weiß doch jeder, dass Ihr vermisst werdet. Und die Rolle hat ein Chrysanthemen-Siegel.« Sie senkte den Kopf. »Da war mir sofort klar, woher sie stammt.«

Seikei nickte bedächtig. Die Chrysantheme war das Wappen des Kaisers, das Mädchen wusste also offenbar, dass die Schriftrolle aus der Bibliothek des Kaisers stammte. »Aber du hast doch hoffentlich niemandem etwas erzählt, oder?«, fragte er ängstlich. Wenn sie wusste, dass er gesucht wurde, war ihm Yabuta mit Sicherheit schon auf den Fersen.

»Nur Araori. Vor ihr könnte ich Euch unmöglich verstecken. Aber ansonsten weiß niemand etwas. Es sind ohnehin nur die Frau und die Mutter des Reishändlers im Haus. Solange wir das Haus sauber halten und ihnen ihr Essen pünktlich servieren, nehmen sie uns überhaupt nicht wahr. Wenn allerdings der Herr nach Hause kommt ...« Sie senkte den Kopf wieder.

»Wann kommt er?«

»In den nächsten Tagen sicher nicht«, sagte das Mädchen. »Bis dahin sind wir längst verschwunden.«

*Wir?*

»Oh«, fuhr sie fort, ohne Seikeis verdutzten Blick zu beachten. »Da fällt mir was ein. Euer Stirnband.« Sie holte es aus ihrem Kimonoärmel heraus. »Ich habe es gut aufgehoben, denn ich wusste, dass Ihr es würdet wiederhaben wollen.«

Sie band es um Seikeis Kopf. »Das war auch ein Hinweis darauf, wer Ihr seid«, sagte sie, lehnte sich zurück und sah Seikei bewundernd an.

»Ich verstehe«, sagte Seikei und überlegte fieberhaft, wie er wohl herausfinden könnte, für wen sie ihn hielt. »Und wie lautet *dein* Name?«

»Hato. Die Taube«, antwortete das Mädchen. »Wie Ihr wisst, gibt es viele Geschichten von Tauben. Sie sind die hingebungsvollen Dienerinnen der Helden. Wenn die Taube unterwegs ist, fliegt sie voraus und warnt ihren Herrn vor Gefahren.«

»Das stimmt«, erwiderte Seikei. »Aber ich würde dich auf keinen Fall in Gefahr bringen wollen. Außerdem braucht dein Herr dich doch hier.«

»Er schlägt mich«, sagte Hato.

»Er schlägt dich? Das kann ich mir nicht vorstellen...« Seikei brach ab. Hato hatte sich weggedreht und ihren Kimono so heruntergezogen, dass er die hässlichen Wunden und Narben auf ihrem Rücken sehen konnte.

»Das darf er nicht!«, rief Seikei.

Hato rückte ihre Kleidung zurecht und wandte sich ihm wieder zu. »Er kann alles tun, was er will. Ich weiß nicht, wohin ich sonst gehen sollte.«

Seikei wusste, dass das die Wahrheit war. »Es tut mir leid, aber du kannst nicht mitkommen. Das wäre zu … kompliziert.«

Trotz seines Protestes kniete Hato sich vor ihn nieder. »Ich schwöre«, sagte sie, »dass ich Euch nicht zur Last fallen werde. Ich würde mich eher umbringen als Euer Geheimnis zu verraten.«

Seikei holte tief Luft. Der Richter hatte Recht gehabt mit dem, was er über die Last zu großer Verantwortung gesagt hatte.

»Und was ist mein Geheimnis?«, fragte er.

Hato öffnete den Mund, schloss ihn aber sofort wieder. Sie lächelte. »Ich verstehe«, sagte sie dann. »Ihr habt mich auf die Probe gestellt. Nein, ich werde nie zulassen, dass mir Euer Geheimnis über die Lippen kommt.«

## Gefährliche Reise

Hato war die Köchin im Haus. Man würde sie ohne Zweifel vermissen. Seikei schleckte die köstliche Fisch-und-Seegras-Suppe bis auf den letzten Tropfen aus – selbst für den Feinschmecker Richter Ooka wäre sie ein Hochgenuss gewesen.

Die Sonne war noch nicht einmal aufgegangen, aber Seikei und Hato wollten sich aus dem Haus schleichen, noch ehe irgendjemand anders aufwachte. Hatos Freundin Araori wusste von ihren Plänen, wollte aber – zu Seikeis Erleichterung – lieber eine Dienerin bleiben, als mit dem Chrysanthemen-Jungen (wie sie Seikei nannte) auf Reisen zu gehen.

Seikei hatte sich mittlerweile zwar fast vollständig erholt, aber als er nun das Haus verließ, beschlichen ihn plötzlich Zweifel. Nebelschwaden hatten sich zwischen die Häuser herabgesenkt und ließen die Stadt wie eine menschenleere Ödnis aussehen. War dieses Unterfangen nicht viel zu riskant? Wäre der Richter damit einverstanden? Vielleicht hätte ich doch das kurze Schwert gegen mich benutzen sollen, dachte Seikei.

Doch dann schüttelte er den Kopf. »Folge dem Pfad«, pflegte Richter Ooka immer zu sagen. Und der Pfad führte eindeutig zum Atsuta-Schrein. Seikei musste alles daransetzen, dorthin zu gelangen. Er und Hato passierten das Tor der Stadt, ohne aufgehalten zu werden, und so befand sich Seikei kurz darauf mal wieder auf der Tokaido-Straße.

Zu dieser Tageszeit waren kaum Menschen unterwegs. Der Nebel hing noch immer hartnäckig über der Straße und verwandelte die Landschaft in ein graues Meer, das nur gelegentlich von herbstlichen Farbklecksen durchbrochen wurde.

Auch Hato hatte etwas von ihrer Sicherheit verloren, sie sprach leise und schnell und erzählte Seikei aus ihrem Leben. An ihre Eltern konnte sie sich nicht erinnern. Sie waren seit einer Überschwemmung verschollen, und Hato war zusammen mit ihren Brüdern von ihrer Großmutter in bitterer Armut aufgezogen worden. Als die alte Frau keine andere Möglichkeit mehr sah, verkaufte sie die sechsjährige Hato an den Reishändler.

Dieser beschäftigte zu jener Zeit eine ältere Köchin und hatte sie beauftragt, Hato alles beizubringen, was sie konnte. Unglücklicherweise starb die alte Köchin, noch bevor Hato ausgelernt hatte. Moriyama Yasuo, der Hausherr, vervollständigte ihre Ausbildung auf seine Weise – indem er Hato jedes Mal schlug, wenn sie ihm eine Speise vorsetzte, die ihm nicht schmeckte.

»Aber jetzt bist du doch eine großartige Köchin«, sagte Seikei. »Schlägt er dich denn immer noch?«

»Ich glaube, das ist so eine Art lieb gewonnene Gewohnheit von ihm«, antwortete Hato. »Seine Geschäfte laufen nicht sehr gut und er trinkt zu viel Sake. An solchen Tagen versteckt sich seine Frau vor ihm und er macht sich auf die Suche nach mir.«

»Jetzt verstehe ich, warum du wegwolltest«, sagte Seikei. »Mit deinen Fähigkeiten findest du bestimmt bald eine Anstellung bei einem anderen Kaufmann oder sogar bei einem Samurai.«

Sie lächelte Seikei scheu an. »Wieso sollte ich für jemand anderen arbeiten, wenn ich Euch begleiten kann?«

»Erstens, weil ich dir nicht viel zahlen kann«, sagte Seikei. »Und zweitens, weil ich, wenn mein Auftrag erfüllt ist ...« Seine Stimme erstarb. Der Gedanke stieg in ihm auf, dass er seinen Auftrag womöglich nie ausführen würde.

»Wenn Ihr Euren Auftrag erfüllt habt«, sagte Hato, »werde ich Euch zum Palast begleiten. Da werden doch sicher viele Diener gebraucht.«

Zum Palast? Und endlich fiel es Seikei wie Schuppen von den Augen. Nun wusste er, für wen Hato ihn hielt. Aber bevor er den Irrtum aufklären konnte, erklangen hinter ihnen schwere Schritte im Nebel. Als Seikei sich umdrehte, hörte er, dass sich auch von vorne jemand näherte.

Drei Männergestalten tauchten wie aus dem Nichts auf und umringten Seikei und Hato. Zwei von ihnen hatten Holzkeulen dabei, der dritte einen dicken Stock. Seikei erfasste die Lage auf einen Blick: Es war eine Bande gewaltbereiter Straßenräuber.

»Gebt uns alles Wertvolle, was ihr dabeihabt«, sagte einer der Männer, »dann tun wir euch nichts.«

Seikeis erster Gedanke galt Hato – wie konnte er sie beschützen? Er griff in den Beutel, in dem er das Geld aufbewahrte, das er für die Schwerter bekommen hatte.

Aber Hato legte ihm eine Hand auf den Arm. »Sagt Ihnen, wer Ihr seid.«

»Ähm ... nein, ich glaube, ich gebe ihnen lieber das Geld. Viel ist es sowieso nicht.« Seikei hielt einem der Männer den Beutel hin und der Mann schnappte sofort danach.

»Was habt ihr noch?«, fragte der eine wieder, allem Anschein nach der Anführer.

»Nichts«, sagte Seikei. »Wir sind nur ...«

»Hier ist kaum was drin«, sagte der Mann, der den Beutel hielt. »Die müssen noch mehr haben.«

Seikei warf Hato einen Seitenblick zu. Sie hatte darauf bestanden, die Schriftrolle zu tragen, und dummerweise hatte er ihrem Betteln nachgegeben.

»Das Mädchen hat was versteckt«, sagte der Anführer, der den Blickwechsel bemerkt hatte. »Durchsucht sie.«

Der dritte Mann packte Hato, die ängstlich aufschrie und sich aus seinem Griff befreite.

Instinktiv wollte Seikei nach seinem Schwert greifen und fluchte, als seine Hand ins Leere fuhr. »Nein,

Halt!«, rief er. »Ich befehle es Euch, im Namen … des Kaisers!«

Niemand achtete auf ihn.

Wieder griff einer der Männer nach Hato. »Ruft die Kami herbei!«, rief sie Seikei zu, während sie sich in der groben Umklammerung wand.

Ohne nachzudenken klatschte Seikei in die Hände.

Und inmitten des Nebels tauchte eine Gestalt auf, ein großer, grauhaariger Mann, der einen schlichten blauen Kimono und zwei Schwerter trug. Seikei blinzelte überrascht. In seinem ganzen Leben war noch nie ein Kami wirklich erschienen, wenn er in die Hände geklatscht hatte.

Dann erkannte Seikei den Mann.

»Was ist hier los?«, fragte der Neuankömmling.

»Helft uns!«, schrie Hato, bevor der Räuber, der sie festhielt, ihr den Mund zuhalten konnte.

»Lasst sie los.« Der Mann im blauen Kimono sprach mit einer Autorität, die Seikei sich für sich selbst gewünscht hätte. Jetzt, wo er ihn aus der Nähe sah, war er sich sicher: Dies war der Fremde, den er im Kinkakuji-Kloster gesehen hatte, am Tag, als er dem Kaiser begegnet war.

Der Räuber ließ Hato los und wich zurück. Seine Kumpane rückten enger zusammen. Sie überlegten ganz offensichtlich, ob der Mann im blauen Kimono wohl ein sehr mächtiger Gegner sein mochte.

»Sie haben unser Geld!«, rief Hato ihm zu. »Sagt ihnen, sie sollen es zurückgeben.«

Der Fremde zog sein Langschwert zur Hälfte aus der Scheide, sodass die scharfe Klinge sichtbar wurde. Die Räuber wussten, wenn er sie ganz herauszog, würde er gezwungen sein, damit Blut zu vergießen. *Ihr* Blut.

Der Mann, der Seikeis Beutel in der Hand hielt, warf die Beute zu Boden. »Das bisschen Wechselgeld war die Sache sowieso nicht wert«, sagte er.

»Haben sie Euch sonst noch etwas gestohlen?«, fragte der Fremde.

»Nein«, erwiderte Hato. »Werdet Ihr sie nun töten?«

»Nicht, wenn sie vorher fliehen«, sagte der Mann.

Die Räuber wirbelten auf dem Absatz herum und verschwanden noch schneller, als sie gekommen waren.

»Danke«, sagte Seikei, dem erst jetzt auffiel, dass er die ganze Zeit den Atem angehalten hatte.

Der Mann musterte ihn von Kopf bis Fuß. »Es ist gefährlich, sich ohne Waffen oder Beschützer hier draußen aufzuhalten«, sagte er.

»Deswegen hat er ja Euch zu Hilfe gerufen«, sagte Hato.

Seikei zuckte zusammen. Er konnte nur hoffen, dass der Mann nicht nachhakte, was sie damit meinte. »Wir sind auf dem Weg nach Nagoya«, wechselte er das Thema.

»Ich ebenfalls«, erwiderte der Fremde. »Ihr könnt mich begleiten, wenn Ihr wollt.«

Hato nickte, als habe sie nichts anderes erwartet. »Ich heiße Hato«, sagte sie, »und bin die ergebene Dienerin des Kaisers.«

Der Mann lächelte sie sanft an. »Wir sind alle ergebene Diener des Kaisers«, sagte er. »Nennt mich Reigen.«

»Und ich bin Seikei«, murmelte Seikei.

Hato legte sich eine Hand an den Mund, um ihr Lächeln zu verbergen, dann sagte sie: »Ich glaube, Reigen weiß schon, wer Ihr wirklich seid.«

## *Die Botschaft der Schriftrolle*

Zum Glück erkundigte sich Reigen nicht weiter nach Seikeis »wahrer« Identität.
Der Abschnitt der Straße, den sie gerade bereisten, bot immer wieder überwältigende Ausblicke auf den Biwa-See. Die Segel der vielen Fischerboote, die malerischen Brücken und die unzähligen Vögel waren seit jeher bevorzugte Motive der Künstler gewesen. Reigen kannte sich gut mit all dem aus und erläuterte ihnen unterwegs die Sehenswürdigkeiten.

Seikei war allerdings zu abgelenkt, um wirklich aufmerksam bei der Sache zu sein. Er musste Hato unbedingt sagen, dass er nicht der Kaiser war. Aber in Reigens Anwesenheit konnte er das schlecht machen, sonst hätte der alte Mann sie sicher beide für Narren gehalten.

Außerdem hätte er ihren neuen Reisegefährten zu gern gefragt, ob er das Gespräch, das er mit dem Kaiser im Palast geführt hatte, mitgehört hatte. Wenn ja, würde Reigen Seikeis Namen reinwaschen können – vorausgesetzt, dass Yabuta Reigens Aussage Glauben schenkte. Andererseits befürchtete Seikei, Reigen selbst könnte etwas mit den Morden im Kloster zu tun haben. So, wie er die Straßenräuber verscheucht hatte, war er im Umgang mit dem Schwert eindeutig sehr erfahren.

Jedes Mal, wenn sich jemand von hinten näherte, war Seikei auf der Hut. Er hatte immer noch Angst, Yabuta könnte vom Diebstahl der Schriftrolle erfahren und ihm seine Männer auf den Hals gehetzt haben.

Einmal mussten die drei an den Straßenrand ausweichen und niederknien, als eine größere Gruppe berittener Samurai vorbeikam. Das Wappen auf ihrer Kleidung und ihren Fahnen kannte Seikei nicht: zwei ineinander verhakte Garnelen.

Er wandte sich Reigen zu, um zu sehen, ob dieser vielleicht das Wappen erkannte, und sah zu seinem Entsetzen, dass der alte Mann sich gar nicht hingekniet hatte. Ganz im Gegenteil – er stand da, die Arme vor der Brust verschränkt, wie ein Befehlshaber, der seine Truppen inspiziert.

Nun trug Reigen natürlich die beiden Schwerter, die ihn als Samurai auswiesen. Es war dennoch mehr als ratsam, den gewünschten Respekt an den Tag zu legen, wenn größere Samurai-Gruppen vorbeiritten. Zum Glück war ihr Daimyo nicht bei ihnen, sonst wäre einer der Samurai gezwungen gewesen, Reigen wegen seiner Dreistigkeit zum Kampf aufzufordern. Prompt bemerkte Seikei, wie zwei der Reiter vielsagend zu Reigen herüberblickten, aber offenbar war der Trupp so in Eile, dass er nicht anhalten konnte.

»Ihr habt Euch in Gefahr gebracht«, sagte Seikei zu Reigen, nachdem die Reiter vorbei waren.

»Tatsächlich?«, erwiderte der alte Mann ungerührt.

»Ihr habt ihnen keinen Respekt gezollt. Das hätte jeder der Samurai als Beleidigung auffassen können.«

»Ich zolle nur denen Respekt, die ihn sich auch verdient haben«, sagte Reigen.

»Habt Ihr das Wappen erkannt, das sie trugen?«

Reigen nickte. »Das war Fürst Ponzus Wappen.«

Fürst Ponzu?, dachte Seikei verdutzt. Den Namen hatte er schon mal gehört. Fürst Ponzu war der Daimyo, von dem der Ronin Takanori behauptet hatte, er würde einen Aufstand gegen den Shogun planen. Das musste ein Zufall sein! Bestimmt lag Fürst Ponzus Herrschaftsbereich hier irgendwo in der Nähe. Und trotzdem ... Seikei war beunruhigt.

»Ihr glaubt also nicht, dass Fürst Ponzu sich unseren Respekt verdient hat?«, fragte er.

»Das da waren nur Fürst Ponzus Männer. Und er selbst ist schließlich auch nur ein Daimyo«, antwortete Reigen. »Was ist das schon im Vergleich zum Kaiser?«

Hato hatte ihrer Unterhaltung aufmerksam zugehört. »Ja, aber der Kaiser reist ja in Verkleidung«, wandte sie stirnrunzelnd ein. »Ihr müsst darauf achten, sein Geheimnis nicht preiszugeben.«

Reigen warf ihr einen vieldeutigen Blick zu. »Keine Sorge, auf mich ist Verlass«, sagte er.

Um diese Jahreszeit wurden die Tage immer kürzer, und so dauerte es nicht lange, bis die Dunkelheit hereinbrach. Reigen deutete auf ein buddhistisches Kloster, in dem sie die Nacht verbringen konnten.

»Dank Euch habe ich noch Geld«, sagte Seikei. »Ich könnte uns auch in einer Herberge einmieten.«

»Das muss nicht sein. In einem Kloster fallen wir außerdem weniger auf«, sagte Reigen.

Seikei war tatsächlich nicht darauf erpicht, Aufmerksamkeit auf sich zu ziehen, insofern kam ihm diese Entscheidung entgegen. Gleichzeitig bohrte jedoch in seinem Hinterkopf hartnäckig die Frage, wieso auch Reigen unerkannt bleiben wollte.

Der Plan ging jedenfalls auf. In dem Kloster fanden zahlreiche Pilger, die nach Nagoya unterwegs waren, ein Nachtlager. Manche waren so alt und gebrechlich, dass sie nur mithilfe ihrer Angehörigen gehen konnten. Es gab auch eine ganze Reihe Mütter mit schreienden Babys, die sich vom Atsuta-Schrein Hilfe und die Heilung ihrer Kinder versprachen. Insgesamt hielten sich so viele Menschen hier auf, dass die drei Reisenden überhaupt nicht auffielen. Nach dem Essen machte sich Hato zum Quartier der Frauen auf, und Seikei bekam endlich Gelegenheit, sich mit Reigen allein zu unterhalten.

»Ich glaube, ich habe Euch schon einmal gesehen.«

Reigen zog die Augenbrauen hoch.

»Vor zwei Tagen, im Kinkakuji-Kloster in Kyoto. Ihr habt am Seeufer gesessen und meditiert.«

»Das stimmt«, sagte Reigen.

»Ich war da, um mit einem Jungen zu sprechen, der ... der wirkliche Kaiser ist«, sagte Seikei.

»Ah.« Reigen nickte. »Ich erinnere mich. Tut mir leid, dass ich Euch jetzt erst erkenne. Mein Augenlicht ist leider nicht mehr so scharf.«

»In jener Nacht hat jemand zwei Mönche des Klosters getötet und den Kaiser verschleppt«, fuhr Seikei fort.

Merkwürdigerweise schwieg Reigen. Vielleicht hatte Seikei schon zu viel gesagt?

»Worüber wolltet Ihr mit dem Kaiser sprechen?«, fragte Reigen schließlich.

Seikei zögerte, beschloss dann aber, dass er Reigen vertrauen musste. Er war der Einzige, der ihm helfen konnte. »Ich kam mit einer Botschaft des Shogun. Der Kaiser hatte sich seinen Pflichten entzogen, und der Shogun wollte, dass ich ihn überrede, wieder in den Palast zurückzukehren.«

Diese Enthüllung schien Reigen sehr zu überraschen. »Warum hat der Shogun *Euch* auserwählt?«

Seikei kränkte diese Frage ein bisschen, aber natürlich hatte er sie sich selbst auch schon gestellt. Außerdem hatte er sich in der Zwischenzeit ja das Haar abgeschnitten und seine Schwerter verpfändet, sodass er nun wirklich nicht mehr wie der Sohn eines Samurai aussah. »Er dachte wohl, ich könnte die Beweggründe des Kaisers besser nachvollziehen, weil wir etwa im selben Alter sind.«

»Ich verstehe.« Reigen lächelte. »Dann dachte er wohl, es sei ein Problem, das mit den Schwierigkeiten des Heranwachsens zusammenhängt.«

»Vermutlich.« Seikei hatte das Gefühl, als mache sich Reigen über ihn lustig. »Aber als der Kaiser verschwand, wurde mir die Schuld dafür gegeben.«

»Aus welchem Grund denn?«

»Es gibt da einen Untertan des Shogun ...« Seikei brach ab. Der Richter hatte gesagt, es sei ein Verbrechen, die Wachen des Inneren Gartens beim Namen zu nennen. Aber Seikei steckte mittlerweile so tief in Schwierigkeiten, dass dieses eine Vergehen bestimmt auch nicht mehr viel ausmachte.

»Sein Name ist Yabuta«, sagte Seikei. »Er befehligt die Wachen des Inneren Gartens.«

Reigen schnaubte verächtlich.

Seikei starrte ihn an.

»Ist das der Mann, der sagt, er habe seine Augen überall?«, fragte Reigen.

»Woher wisst Ihr das?«

Reigen zuckte mit den Schultern. »Mag sein, dass er innerhalb des kaiserlichen Palastes seine Augen überall hat«, sagte er sichtlich verärgert. »Aber was zählt, ist, dass nur Amaterasu wirklich verstehen kann, was dort geschieht.«

»Nun, worauf ich hinauswollte ...«, sagte Seikei, ohne auf Reigens Einwand einzugehen. »Ihr könntet bezeugen, dass ich unschuldig bin.«

»Wie sollte ich das tun?«

»Indem Ihr nach Kyoto zurückkehrt und dem Gouverneur sagt, dass ich mit dem Verschwinden des Kaisers nichts zu tun hatte.«

Reigen nickte. »Aber das stimmt doch gar nicht.«

Seikei war, als habe Reigen ihm soeben eine saftige Ohrfeige verpasst. »Aber ... aber das meint Ihr doch nicht ernst«, stammelte er.

»Ich meine damit ja nicht, dass Ihr ihn entführt habt«, erklärte der alte Mann. »Aber Eure Ankunft war für jemand anderen offenbar das Zeichen, dass es Zeit wurde zu handeln.«

»Inwiefern?«, fragte Seikei verwirrt.

»Was hat der Kaiser zu Euch gesagt?«, fragte Reigen. »Hat er sich bereit erklärt, zu seinen Pflichten zurückzukehren?«

»Nein, er hat gesagt, ich sollte die Kusanagi-Schriftrolle suchen. Dann würde ich verstehen.«

»Ja, natürlich«, sagte Reigen. »Die Schriftrolle. Die muss er gelesen haben. Aber vermutlich konntet Ihr ihrer nicht habhaft werden. Die Minister für Rechts- und Linksangelegenheiten haben Euch bestimmt keinen Zugang gewährt.«

»Doch, ich habe sie gefunden«, sagte Seikei. Er verspürte den Drang, Reigen zu beweisen, dass er nicht so naiv und hilflos war, wie dieser offenbar dachte.

»Tatsächlich?«

»Hato trägt sie bei sich.«

Reigen brach in lautes Gelächter aus. Aber nur für ein paar Sekunden, dann legte er sich eine Hand auf die Brust, als habe er Schmerzen. »Nun denn ...«, sagte er lächelnd. »Ihr seid offenbar einfallsreicher, als Ihr ausseht.«

»Ich nehme an, *Ihr* habt die Rolle auch schon gelesen?«, fragte Seikei.

»In der Tat, ja.«

Seikei hätte am liebsten nicht gefragt, aber er hatte einfach keine andere Wahl. »Was bedeutet das, was da steht? Ich verstehe nicht, wieso ihn diese Schrift annehmen lässt, er sei nicht der Kaiser.«

»Oh, das lag nicht an der Legende«, erwiderte Reigen. »Das liegt an der Botschaft der Rolle.«

»Und zwar?«

»Die Botschaft, die ihm klargemacht hat, was er tun muss, um der Kaiser zu *werden*.«

# Seikeis neues Schwert

Als der Morgen anbrach, zeigte sich, wie nützlich Hato war. Sie stellte sich bei der Frühstücksausgabe als Allererste in der Schlange an, sodass sie Reigen und Seikei mit dem stärksten Tee und dem frischesten Reisgebäck versorgen konnte.

Als sie später die leeren Teeschalen zurückbrachte, wandte sich Reigen an Seikei: »Ihr habt Eure Pflicht erfüllt. Kehrt nun zum Shogun zurück und berichtet ihm, dass das Problem bald gelöst sein wird. Es gibt genug andere Probleme, um die er sich kümmern muss.«

»Welche anderen Probleme?«

Reigen zuckte mit den Schultern. »Wenn Yabuta seine Augen wirklich überall hat, hat er dem Shogun schon längst alles mitgeteilt.«

»Aber der Kaiser ...«

»Ich werde den Kaiser finden und ihm klarmachen, dass er sich wieder seinen Pflichten zuwenden muss.«

»Und wie wollt Ihr das schaffen?«

»Das soll nicht Eure Sorge sein. Verlasst Euch einfach darauf, dass ich es tun werde.«

Seikei überlegte. Er wusste noch so wenig über Reigen. Es war nach wir vor gut möglich, dass der alte Mann etwas mit dem Verschwinden des Kaisers zu tun hatte. Schließlich war er noch dageblieben, nachdem Seikei das Kloster verlassen hatte. Und selbst wenn Reigen die Wahrheit sagte und dafür sorgen wollte, dass der Kaiser an seinen Platz zurückkehrte – er war nur ein einzelner alter Mann. Vielleicht konnte Seikei ihm irgendwie nützlich sein. Außerdem wäre es dem Eingeständnis seines Versagens gleichgekommen, wenn er jetzt nach Edo zurückgekehrt wäre. Er konnte seine Ehre doch unmöglich dadurch retten, dass er es einem anderen überließ, den ihm anvertrauten Auftrag auszuführen.

»Ich muss weiter dem Pfad folgen, den ich gewählt habe«, sagte Seikei.

»Wie Ihr wollt«, sagte Reigen. »Da lauern allerdings Gefahren. Kommt bloß nicht auf die Idee, Euch bei mir zu beschweren, wenn Ihr getötet werdet.«

»Wenn ich getötet werde, kann ich doch …« Seikei hielt inne. An Reigens Art zu scherzen würde er sich wohl erst gewöhnen müssen.

»Für Eure Dienerin wird es ebenfalls gefährlich sein«, fuhr Reigen fort.

»Ich werde sie wegschicken«, erwiderte Seikei.

Doch das war leichter gesagt als getan.

»Oh, ich verstehe«, sagte Hato, nachdem Seikei ihr mitgeteilt hatte, dass sie nicht weiter mitkommen konnte. »Bisher war ich also gut genug, um Euch gesund zu pflegen und Euch Essen zu beschaffen – aber jetzt, wo Ihr meint, keine Verwendung mehr für mich zu haben, heißt es auf Nimmerwiedersehen, Hato. Ist das der Dank dafür, dass ich meine Anstellung für Euch aufgegeben habe? Wie soll ich mich denn jetzt ernähren – durch Betteln? So also wird man dafür belohnt, dass man loyal ist.« Und sie brach in Tränen aus.

Ratlos wandte sich Seikei an Reigen, doch der zuckte nur mit den Schultern. »Na dann soll sie eben mitkommen – bestimmt jagt ihr die Reise bald so eine Angst ein, dass sie von allein wegläuft«, sagte Reigen schließlich.

Diese Bemerkung hörte Hato trotz ihres tränenreichen Ausbruchs nur zu deutlich. »Ich mag vielleicht kein Kami sein«, sagte sie, »aber ich werde ebenso treu an des Kaisers Seite stehen wie Ihr.«

Da endlich begriff Reigen. Er zeigte mit dem Finger auf Seikei. »*Er* ist doch nicht der Kaiser!«

»Ha«, schnaubte Hato. »Jetzt versucht Ihr mich auf den Arm zu nehmen.«

»Nein, ich bin wirklich nicht …«, sagte Seikei, aber sie ließ ihn nicht ausreden.

»Meint Ihr, ich bin blind? Als Ihr in die Hände geklatscht habt, ist *er* zu Eurer Rettung erschienen.« Sie deutete mit dem Kopf auf Reigen. »Und ein Kami würde nicht einfach jedermann zu Hilfe eilen.«

»Er ist kein Kami«, sagte Seikei. Dann drehte er sich zu Reigen um. »Stimmt's?«

Reigen schürzte die Lippen und gab seltsamerweise keine Antwort.

Hato warf die Hände in die Luft. »Das reicht mir schon.« Sie sah Seikei ernst an. »In Kyoto geht ein Gerücht um, wisst Ihr? Es heißt, Ihr hättet Eure Pflichten aufgegeben. Als ich Euch fand, war mir sofort klar, dass Ihr dies nur aufgrund eines wichtigen Auftrags getan haben konntet. Ich möchte Euch einfach nur begleiten und Euch dienen dürfen. Es ist mir gleichgültig, wohin wir gehen oder welchen Gefahren wir ausgesetzt sein werden. Ich habe gelobt, Euer Geheimnis zu wahren, und das habe ich. Wie könnt Ihr mich jetzt wegschicken?«

Seikei sah Reigen Hilfe suchend an.

»Ihr könnt sie nicht wegschicken«, meinte der alte Mann. »Und jetzt lasst uns aufbrechen.«

An diesem Tag waren die Straßen wesentlich belebter. Der Atsuta-Schrein in Nagoya galt als einer der heiligsten Orte des Landes, manche waren sogar der Meinung, nur der große Amaterasu-Schrein in Ise sei wichtiger. Seikei hatte Hato angewiesen, die Kusanagi-Schriftrolle im Kloster zu opfern, fragte sich nun aber, ob es nicht doch besser gewesen wäre, sie zum Atsuta-Schrein mitzunehmen.

Je weiter Seikei und seine Begleiter vorankamen, desto mehr Pilgern begegneten sie. Auch berittene Samurai galoppierten immer häufiger an den drei Reisenden vorbei. Und alle trugen das Wappen mit den ineinander verhakten Garnelen, das sie als Gefolgsleute von Fürst Ponzu auswies.

Auch Reigen entging dies nicht. »Kann sein, dass wir uns in Nagoya werden verteidigen müssen«, sagte er zu Seikei. »Hat Euch der Shogun ohne Waffen hierhergesandt?«

»Nein, ich musste meine Schwerter in Kyoto zurücklassen«, antwortete Seikei. Er schämte sich zu sehr, um zu gestehen, was genau er damit getan hatte.

Reigen deutete auf ein kleines Wäldchen am Straßenrand. »Da hinein«, sagte er.

Hato folgte den beiden, voller Angst, sie könnten versuchen, sie abzuhängen. Der Boden war mit abgefallenen Blättern bedeckt, von denen einige noch farbig, die meisten aber schon braun und brüchig waren.

Reigen stapfte tiefer in den Wald hinein, als Seikei für nötig befunden hätte. So langsam wurde ihm ziemlich unwohl, denn die Straße war längst außer Sicht geraten. Bis auf ihre Schritte, die auf dem trockenen Laub knirschten, war im Wald kein Laut zu hören. Wenn Reigen vorhatte, seine Begleiter zu töten, würde er dies hier problemlos …

»Wonach sucht Ihr denn eigentlich?« Hatos Stimme durchschnitt die Stille so plötzlich, dass Seikei zusammenzuckte.

Reigen bedeutete ihr, still zu sein. Er hielt den Blick auf einen ganz bestimmten Baum gerichtet – einen hohen Ahorn, an dessen Ästen immer noch mehrere leuchtend rote Blätter dem Herbstwind trotzten.

Reigen legte die Hände auf den Stamm und schloss die Augen.

Er verstärkte seinen Griff, drückte immer fester gegen die Rinde, bis die runzelige Haut an seinem Handrücken beinahe mit der rissigen Borke verschmolz.

Seikei sah diesem Schauspiel fasziniert zu – als plötzlich etwas hinter ihnen auf den Boden krachte. Erschrocken wirbelte Seikei herum, sein Herz hämmerte wild in der Brust.

Ein dicker Ast war aus der Krone des Baumes gebrochen. Nun war natürlich der ganze Waldboden mit Gehölz übersät, doch als Seikei den großen Ahornast näher in Augenschein nahm, fiel ihm auf, dass das Holz keineswegs morsch, sondern noch saftig grün war. Er sah zu der weißen Wunde im Baum hoch. Es schien keinen Grund zu geben, warum der Ast abgebrochen war.

Reigen hob ihn auf und zupfte einige kleine Zweige und rote Blätter ab. Dann streckte er ihn auf Armlänge von sich weg und sagte: »Das wird ein ziemliches Stück Arbeit, aber ich glaube, am Ende springt ein gutes Schwert für Euch dabei heraus.«

Seikei fing Hatos Blick auf, der zu sagen schien: »Habe ich es Euch nicht gesagt?«

Nachdem sie auf einer kleinen Lichtung ein Feuer entfacht hatten, machte Reigen sich daran, die Rinde von dem langen Ahornast abzuziehen. Dann begann er ihn zu formen – erst erhitzte er ihn im Feuer, dann bog er ihn vorsichtig zu einem sanften Bogen. Hato sammelte derweil trockene Zweige, um das Feuer am Brennen zu halten.

Während sie sich außer Hörweite befand, wandte sich Reigen an Seikei: »Versteht Ihr, wohin wir gehen und was wir tun müssen?«

»Ich nehme an, wir gehen zum Atsuta-Schrein«, sagte Seikei.

Reigen nickte.

»Und wir …« Seikei schluckte. Es kam ihm ungeheuerlich vor, die Worte auszusprechen. »Wir … werden das Schwert namens Kusanagi stehlen.«

»Nein«, sagte Reigen streng und Seikei seufzte erleichtert auf.

»Das Schwert ist zu mächtig, als dass irgendjemand es besitzen könnte«, fuhr Reigen geduldig fort. »Deswegen wurde es seinerzeit im Schrein hinterlegt, nachdem Prinz Yamato alle Länder unter dem Himmel in seine Macht gebracht hatte. Seither genießt dieses Land den Frieden. Sollte das Schwert jemals aus dem Schrein entfernt werden, würde unter den Daimyo Krieg ausbrechen. Und das würde ohne Zweifel ein heilloses Durcheinander bedeuten.«

Unter Seikeis Blick hielt Reigen den Ast mit einem Ende ins Feuer. Einige Splitter flammten auf und verglühten. Dann holte er den Stock wieder heraus und rieb ihn mit einer Handvoll Blätter ab.

»Wir müssen«, fuhr er fort, ohne aufzublicken, »den Kaiser retten, bevor jemand anders das Schwert an sich reißen kann.«

»Aber wenn der Kaiser das Schwert will …«, wandte Seikei ein.

»Der Kaiser ist verwirrt«, sagte Reigen. »Ich werde ihn erleuchten.«

»Aber jemand muss ihn doch aus dem Kloster entführt haben«, sagte Seikei. »Habt Ihr einen Verdacht, wer das gewesen sein könnte?«

»Ja, ich habe einen Verdacht«, erwiderte Reigen. »Aber das soll nicht Eure Sorge sein. Betrachtet am besten jeden, der sich uns in den Weg stellt, als Feind.«

»Und wie wollt Ihr den Kaiser retten?«

»Ich kann nicht in die Zukunft sehen«, antwortete Reigen nur. In diesem Moment kam Hato mit dem Feuerholz zurück und Reigen warf es in die Flammen. Als das Feuer hoch auflodert, zog Reigen den Ast einmal der ganzen Länge nach durch die Flammen. Dann rieb und polierte er das Holz ein letztes Mal mit trockenem Laub.

Schließlich hielt er Seikei das neue Schwert hin. »Setzt es ehrenhaft ein«, sagte er.

Seikei wog das Schwert in der Hand, überrascht, wie gut es sich anfühlte. Zwar hatte es keine Schneide, würde sich im Kampf aber dennoch als nützlich erweisen können. Schon einmal hatte Seikei ein hölzernes Schwert besessen – als er Richter Ooka zum ersten Mal beim Lösen eines Falles geholfen hatte. Und irgendwie fühlte sich dieses neue Schwert noch besser an als das erste.

# *Gingkonüsse*

Kurz darauf machten sich die drei Gefährten wieder auf den Weg, und es dauerte nicht lange, bis sie ein kleines Dorf erreichten. Seine Bewohner hatten ein gutes Auskommen darin gefunden, Nahrungsmittel und andere nützliche Dinge an Reisende zu verkaufen. Den vertrauten Geruch, der Seikei in die Nase stieg, konnte er zunächst nicht einordnen.

»Gingkobrei«, sagte Hato und deutete auf den Stand neben ihnen.

Die Frau, die den Brei kochte, schöpfte ihnen drei Schalen voll, wobei sie ihren Mund zu einem großen zahnlosen Lächeln verzog. Seikei kostete den dicken, heißen Brei – er schmeckte beinahe so gut wie der, den seine Mutter ihm in seiner Kindheit immer gemacht hatte. »Ist hier in den letzten Tagen vielleicht ein Junge in meinem Alter vorbeigekommen, der sich auch eine Schale von Eurem Brei gegönnt hat?«, fragte er die Frau.

»Oh, hier kommen viele Leute vorbei«, antwortete sie. »Männer, Frauen, Jungen, Mädchen … mein Brei schmeckt jedem.«

Seikei nickte. »Aber dieser Junge ... dem hätte der Brei besonders gut geschmeckt. Vielleicht hat er auch mehr als nur eine Schale gegessen?«

Die Frau legte den Kopf schief. »Ja, jetzt wo Ihr es sagt ... Da war tatsächlich ein Junge. Ich dachte noch, der muss seit Tagen nichts gegessen haben. Er hat nämlich gleich vier Schalen Brei gegessen. Könnt Ihr Euch das vorstellen? Nicht einmal *ich* mag meinen Brei so sehr, dass ich vier Schalen davon essen könnte.«

»War jemand bei ihm?«

»Fünf Männer. Samurai. Ich weiß noch, dass sie ziemlich ungeduldig waren. Konnten es einfach nicht fassen, dass der Junge immer noch eine Schale und noch eine haben wollte. Was meint Ihr, wieso konnte er die Samurai so warten lassen? Ist er am Ende noch der Sohn eines Daimyo?«

Seikei warf Reigen, der aufmerksam zugehört hatte, einen Seitenblick zu. »Erinnert Ihr Euch, welches Wappen die Samurai trugen?«, fragte Reigen die Frau.

»Oh, ich glaube, das war Fürst Ponzus Wappen«, antwortete sie. »In letzter Zeit kommen sehr viele seiner Männer hier vorbei.«

»Ja, das ist mir auch schon aufgefallen«, sagte Reigen nachdenklich.

Seikei wagte kaum daran zu denken, was das wohl zu bedeuten hatte.

Nachdem sie sich von der Frau verabschiedet hatten, wandte sich Reigen an Seikei: »Woher wusstet Ihr, dass er so viel Gingkobrei gegessen hatte?«

»Weil er zwei Schalen davon gegessen hat, als ich im Kloster war«, erwiderte Seikei. »Und eine davon war meine.«

Hato hatte alles mitgehört. »Soll das heißen, dass Ihr einem kleinen Jungen auf den Fersen seid?«, fragte sie.

Seikei nickte. »Ja.«

Hato schien enttäuscht zu sein. »Ich hatte gehofft, es wäre wenigstens ein Ungeheuer oder so. Wie in den alten Legenden, wo sie der Held dann zur Strecke bringt. Ich habe noch nie ein Ungeheuer gesehen, noch nicht einmal einen Drachen. Müssten Helden wie Ihr nicht eigentlich Wesen vernichten, die den Menschen Angst einjagen?«

»Wenn du dich langweilst, kannst du gern wieder nach Hause gehen«, sagte Reigen trocken.

»So schnell werdet Ihr mich nicht los«, entgegnete Hato mit hoch erhobenem Kopf.

»Das hatte ich mir fast gedacht«, murmelte Reigen zwischen zusammengebissenen Zähnen hindurch.

»Außerdem kann ich Euch bald von großem Nutzen sein«, fuhr Hato fort. »Also ich meine, über meine Aufgaben als treu ergebene Dienerin des Kaisers hinaus.«

»Und zwar?«, fragte Seikei.

»Wenn der Junge, den Ihr fassen wollt, so gern Gingkobrei isst, kann ich den jederzeit kochen. Meiner schmeckt viel besser als der von der Frau, bei der wir eben waren.«

Reigen schwieg einen Augenblick. »Ja, das könnte vielleicht wirklich hilfreich sein«, sagte er dann.

Leider bedeutete dies, dass sie ab jetzt viel langsamer vorankamen. Hato bestand nämlich bei jedem Gingkobaum am Straßenrand darauf, die Nüsse einzusammeln. Und was noch schlimmer war: Die Nüsse rochen übel, so übel, dass Seikei und Reigen beim Gehen von Hato abrückten, sobald sie die ersten eingesammelt hatte.

»Nur die äußere Schale stinkt«, erklärte Hato. »Und die wird bald abfallen. Die Nuss selbst duftet sehr mild.«

Während Hato einige Schritte vorauslief, wandte sich Seikei an Reigen: »Was meint Ihr, was Fürst Ponzus Männer mit … dem Kaiser vorhaben?«

»Ich wäre vorsichtig, so direkt über ihn zu sprechen«, sagte der alte Mann. »Wie Ihr wisst, hat Yabuta seine Augen – und Ohren – überall.«

»Im Kloster hat er sich Risu genannt«, sagte Seikei.

»Eichhörnchen?«

»Ja, weil er so gerne …« Seikei deutete auf Hato, die gerade wieder einige Nüsse aufklaubte.

»Ich verstehe. Dann wollen wir ihn auch so nennen. Bestimmt bringen Fürst Ponzus Männer ihn in den Palast ihres Daimyo, der auch in Nagoya ist. Fürst Ponzu hat zweifellos auch irgendwie von dem Schwert gehört und von der Legende, die damit verbunden ist.«

»Ist es wirklich nur eine Legende?«, fragte Seikei.

»Legenden können sehr mächtig sein«, erwiderte Reigen. »Mit Legenden kann man zum Beispiel auch die Wahrheit aussprechen.«

»Also … glaubt Ihr, dass Fürst Ponzu einen Aufstand gegen den Shogun plant?«

»Das könnte durchaus seine Absicht sein. Wenn der Kaiser seinen Truppen voransteht und dabei im Besitz des Kusanagi-Schwertes ist – dann ist er unbesiegbar.«

»Aber es würden viele Menschen sterben.«

»Ja, das liegt in der Natur des Krieges«, sagte Reigen. »Am meisten leiden die, die am wehrlosesten sind. Die Bauern, die Ladeninhaber, all *solche* Leute eben.« Reigen deutete auf eine Gruppe Pilger, die ihnen staunend entgegenblickten. Für Leute, die ihr Heimatdorf nie zuvor verlassen hatten, war jeder Tag der Pilgerreise von neuen Wundern erfüllt.

»Aber warum sollte Fürst Ponzu die Ordnung so stören und so viel Elend über das Reich bringen wollen?«, fragte Seikei.

»Das wiederum liegt in *seiner* Natur«, erklärte Reigen. »Manche Menschen, seien es große Herrscher oder einfache Bauern, sind mit dem Land zufrieden, das ihnen anvertraut wurde. Andere schielen immer voller Neid und Gier zum Land ihres Nachbarn hinüber. Aber selbst wenn sie es schaffen, dem Nachbarn das Land zu stehlen – nun gibt es wieder jemand anderen, dessen Land jetzt an das ihre grenzt. Und so müssen sie immer weitermachen, bis ihnen alles gehört – oder bis jemand, der noch mächtiger ist als sie, ihrem Treiben ein Ende bereitet.«

»Der Shogun *ist* mächtiger als Fürst Ponzu«, sagte Seikei – und hoffte inständig, dass er Recht damit hatte.

»Nicht, wenn Fürst Ponzu den Kaiser und das Schwert auf seiner Seite hat«, erwiderte Reigen.

Seikei fühlte sich elend; sein Vergehen, dem Shogun nicht von den Worten des Ronins berichtet zu haben, erschien ihm nun schlimmer als je zuvor.

Hato kam angelaufen, die Arme voller Gingkonüsse. Der Gestank war überwältigend, aber sie schien ihn nicht zu bemerken. Reigen wickelte die Nüsse in ein Stück Stoff, befahl Hato aber, sie selbst zu tragen.

Irgendwann sagte der alte Mann: »Dieser Yabuta ... Wenn er seine Augen überall hat, muss er doch von Fürst Ponzus Absichten wissen.«

»Ja, er weiß davon«, sagte Seikei.

»Wir müssen ihn im Auge behalten.«

»Warum? Er will doch dasselbe wie wir«, wandte Seikei ein.

»Nicht unbedingt.« Der alte Mann blieb stehen, beschattete seine Augen mit der Hand und sah die Straße entlang. »Sagt mir, was Ihr da seht.«

Seikei blickte in die Ferne. Weit vor ihnen hatte sich eine Schlange gebildet. »Da sind Samurai«, sagte er. »Sie halten die Reisenden an und kontrollieren ihr Gepäck.«

»Wessen Samurai?«

Das vertraute Wappen des Shoguns war selbst auf die große Entfernung für Seikeis Augen gut zu erkennen. »Alles in Ordnung, es sind die Samurai des Shoguns, nicht die von Fürst Ponzu. Und die Schriftrolle haben wir ohnehin nicht mehr dabei.« Er war heilfroh, sie im Kloster zurückgelassen zu haben.

»Nein, es ist nicht alles in Ordnung«, sagte Reigen. »Sie sind auf der Suche nach demjenigen, der den heiligen Spiegel aus dem Palast gestohlen hat.«

Seikei blinzelte überrascht. »Woher wisst Ihr das?«

»Weil *ich* ihn gestohlen habe.«

## Alte Bekannte

»Aber wieso habt Ihr ...«, begann Seikei.
»Keine Zeit für Erklärungen«, unterbrach ihn Reigen. »Ich muss Euch jetzt verlassen. Geht nach Nagoya und versucht in Fürst Ponzus Palast so viel wie möglich herauszufinden. Wir treffen uns dann morgen oder übermorgen im Atsuta-Schrein.«

Seikei nickte. »Was habt Ihr vor?«

Aber Reigen hatte ihm bereits den Rücken zugekehrt und die Straße verlassen. Erstaunlich gewandt sprang er von einem Stein zum anderen einen schlammigen Abhang hinunter, der zum Biwa-See führte. Seikei konnte sich nicht vorstellen, wie er von dort nach Nagoya gelangen wollte, aber der alte Mann hatte ja schon mehr als einmal bewiesen, wie findig er war.

Seikei und Hato zogen zu zweit weiter und passierten den Kontrollpunkt ohne Probleme. Kurz darauf betraten sie Nagoya. Fürst Ponzus Palast zu finden war nicht weiter schwer – fünf Stockwerke hoch überragte er den gesamten südlichen Teil der Stadt. Aus allen vier Türmen nahmen Wachen jeden wahr, der sich näherte.

»Es wird unmöglich sein, ihn hier rauszuholen«, sagte Seikei.

»Vergesst meinen Plan nicht«, wandte Hato ein. »Ich werde zur Küche gehen und meine Gingkonüsse zum Verkauf anbieten. Wenn der Junge, den Ihr sucht, so gern Gingkobrei isst, werden die Köche die Nüsse bestimmt haben wollen. Dann frage ich, ob sie eine Stelle frei haben. Mit mir kann man wirklich etwas anfangen, auch wenn *Euch* das offenbar noch nicht aufgefallen ist.«

»Angenommen, der Plan funktioniert …«, sagte Seikei, ohne auf ihren Vorwurf einzugehen.

»Dann finde ich heraus, wo sie den Jungen festhalten. Wie heißt er?«

Seikei zögerte. »Als ich ihn das letzte Mal sah, nannte er sich Risu.«

»Aber jetzt könnte er sich einen falschen Namen gegeben haben, ich verstehe. Nun, auf jeden Fall werde ich mich zu ihm reinschleichen und ihm sagen, dass der Kaiser auf ihn wartet. Dann schlüpfen wir gemeinsam aus dem Palast …«

»Nein, nein, nein«, ging Seikei schnell dazwischen. »Das darfst du ihm nicht sagen.«

»Warum denn nicht?«

»Weil … weil er es vermutlich nicht glauben würde.«

»Und wenn schon«, beharrte Hato. »Zumindest wird es ihn neugierig machen.«

Seikei nickte. »Ja, das wird es allerdings. Aber vergiss nicht, was du mir versprochen hast. Du darfst niemandem sagen, dass ich der Kaiser bin.«

»Also gut«, sagte sie. »Aber damit macht Ihr alles nur unnötig kompliziert.«

»Ich habe meine Gründe«, erwiderte Seikei nachdrücklich.

»Meinetwegen. Ich werde auf jeden Fall eine Möglichkeit finden, ihn da rauszuholen. Wartet Ihr dann hier auf mich?«

»Nein.« Seikei bezweifelte stark, dass Hato den Kaiser überhaupt je zu Gesicht bekommen würde, geschweige denn, dass sie ihn aus dem Palast schleusen könnte. Aber vielleicht konnte sie im Palast nützliche Informationen sammeln. »Wir machen das folgendermaßen«, sagte Seikei. »Wir treffen uns morgen um dieselbe Zeit wieder hier, mit oder ohne Risu. Ich versuche dann da zu sein.«

»Und wenn Ihr es nicht schafft?«

»Dann gehst du zum Atsuta-Schrein. Reigen hat auch versprochen, dahin zu kommen.«

»Verstanden.« Hato verbeugte sich so tief vor Seikei, dass er sich peinlich berührt umschaute, ob es auch niemand mitbekam.

»Mach das bloß nicht noch mal«, sagte er.

»Versprochen. Ich mache es erst wieder, wenn wir in Euren Palast zurückgekehrt sind.«

»Ja, ja«, sagte Seikei. »Im Palast ist es in Ordnung. Aber sonst nirgendwo.«

»Bis morgen, Chrysanthemen-Junge«, sagte Hato mit einem Augenzwinkern. Dann ging sie Richtung Palasttor davon.

Seikei seufzte erleichtert auf und machte sich auf die Suche nach dem Schrein.

Immer wieder wies man ihm bereitwillig den Weg, aber das wäre gar nicht nötig gewesen. Er musste einfach nur den unzähligen Pilgern folgen, die ihre Opfergaben zum Schrein trugen. Der Menschenstrom würde Seikei mühelos an sein Ziel bringen.

Doch noch bevor der Tempel in Sichtweite geriet, kam die Menge der Pilger unerwartet zum Stehen. Immer mehr Menschen stauten sich auf der Straße, drängten sich dichter und dichter und spekulierten, was der Grund für die Verzögerung sein konnte.

Die Antwort kam schon bald – wie ein sekündlich lauter werdender Bienenschwarm verbreitete sie sich. »Sie haben den Schrein geschlossen! Die Priester haben den Schrein geschlossen!«

Zunächst lag Bestürzung in der Stimme der Pilger, dann mischte sich zunehmend Verärgerung dazu. Die meisten hatten beschwerliche Wege hinter sich und große Opfer auf sich genommen, um den Schrein aufzusuchen. Für manche war es gar das einzige Mal in ihrem Leben, dass sie solch eine Reise unternahmen. So kurz vor dem Ziel gestoppt zu werden war mehr, als sie ertragen konnten.

Neue Fragen machten die Runde: »Warum wurde der Schrein geschlossen?«, »Wie lange soll er geschlossen bleiben?«, »Wer kann uns weiterhelfen?«.

»Na so was, ich hatte nicht damit gerechnet, Euch je wieder zu sehen, junger Herr.«

Seikei war so mit den Diskussionen um sich herum beschäftigt gewesen, dass er nicht sofort bemerkte, wie er selbst angesprochen wurde.

Er wirbelte herum. Vor ihm stand Takanori, der Ronin. Diesmal allerdings trug er einen knisternden neuen Seidenkimono mit dem Wappen des Shoguns darauf. Wut stieg in Seikei auf – diesem Mann hatte er den ganzen Ärger zu verdanken!

Doch dann besann er sich – er musste aufpassen, denn wo Takanori war, konnte Yabuta auch nicht weit sein. Seikei suchte mit den Augen die Menschenmenge ab, sah aber niemanden außer aufgebrachten Pilgern.

»Seid Ihr auf der Suche nach jemandem?«, fragte Takanori.

»Ja, nach dem Mann, dem Ihr jetzt dient.«

»Ich diene dem Shogun«, sagte Takanori mit einem selbstgefälligen Ton in der Stimme, den Seikei ausgesprochen widerlich fand. »Wie Ihr einst auch.«

»Ich diene ihm immer noch«, entgegnete Seikei wütend.

»Weder besonders erfolgreich noch besonders gut«, stellte Takanori fest. »Nachdem Yabuta erfahren hatte, dass Ihr nicht Seppuku begangen habt, hat er mir prophezeit, dass Ihr hierherkommen würdet. Ich hätte nicht gedacht, dass Ihr wirklich so dumm wärt, aber Yabuta hatte Recht. Er weiß alles.«

»Also hat er Euch losgeschickt, um mich zu suchen? Und was sollt Ihr tun, sobald Ihr mich gefunden habt?« Seine Hand suchte den Schwertgriff und diesmal musste sie zu seiner Genugtuung nicht ins Leere greifen. Das Schwert mochte zwar nur aus Holz bestehen, aber Seikei war entschlossen, es notfalls gegen Takanoris Stahlklingen einzusetzen.

Takanori entging Seikeis Handbewegung nicht. »Ich könnte Euch gleich hier töten, wenn ich wollte«, sagte er, und es klang weniger wie eine Drohung als vielmehr wie eine Feststellung.

»Und warum tut Ihr es dann nicht?«, fragte Seikei.

»Yabuta möchte mit Euch sprechen.«

»Und worüber?«

»Kommt mit, dann werdet Ihr es selbst herausfinden.«

»Ich werde auf keinen Fall Seppuku begehen«, sagte Seikei. »Ganz gleich, was er sagt.«

»Das weiß er«, erwiderte Takanori.

Seikei überlegte. Im Augenblick war es ihm ohnehin nicht möglich, zum Schrein zu gelangen. Und auch Reigen war wahrscheinlich noch nicht da. Er hatte also etwas Zeit. Und er war tatsächlich ziemlich neugierig, was Yabuta ihm sagen wollte. Aber würde Yabuta auch von ihm Informationen erwarten? Er würde sicher keine Skrupel haben, Seikei foltern zu lassen, wenn er meinte, dass dies Seikeis Zunge lösen könnte.

Andererseits wusste Seikei doch nichts Wichtiges, was Yabuta nicht längst selber wusste. Gut, von Hato hatte Yabuta keine Ahnung, sie würde ihn aber bestimmt auch nicht weiter interessieren. Und Reigen? Was wusste Seikei denn selbst über ihn? Eigentlich doch nicht viel, außer dass er den heiligen Spiegel gestohlen hatte. Und das würde er Yabuta mit Sicherheit nicht auf die Nase binden.

Seikeis Entschluss stand fest. »Ist es weit?«, fragte er.

Takanori schüttelte den Kopf und ging voran. Soweit Seikei sich orientieren konnte, schienen sie die Innenstadt zu umrunden, bis sie auf der anderen Seite des Schreins ankamen. Takanori brachte Seikei zu einem unscheinbaren Laden. Kein Schild lieferte einen Anhaltspunkt dafür, was hier verkauft wurde. Sobald sie die Veranda betraten, ging die Tür auf und ein Samurai erschien auf der Schwelle. Er sah aus, als warte er nur darauf, jemanden hochkant hinauswerfen zu können.

Takanori und Seikei ließ er jedoch durch, ohne sie eines zweiten Blickes zu würdigen. Schon befanden sie sich in einer leeren Empfangshalle, die so karg war, dass es den Anschein hatte, als würde in diesem Haus niemand leben. Dann drang Seikei ein Geruch in die Nase. Er schnupperte. Und seine Kehle schnürte sich zusammen, als ihm klar wurde, welcher Geruch das war.

Blut. Kein frisches zwar, sondern bereits getrocknetes. Aber in diesem Haus hatte es auf jeden Fall vor nicht allzu langer Zeit Blutvergießen gegeben.

Große Angst überkam Seikei, und er gab sich alle Mühe, dagegen anzukämpfen. Wenn als Nächstes sein Blut hier vergossen werden sollte, würde er dies wie ein Samurai hinnehmen. Denn der Tod, so ermahnte er sich selbst, trifft am Ende jeden. Und es gab nur einen Weg, ihm zu begegnen: voller Mut.

# Seikei in neuem Gewand

Takanori führte Seikei in einen kleinen Raum im hinteren Teil des Gebäudes. Hier roch es noch schlimmer. Und von hier würde kein Schrei nach draußen dringen.

Als die Tür aufging, sah Seikei direkt in Yabutas Augen. Sein Blick war unverändert hasserfüllt, aber seine Stimme klang merkwürdig sanft. »Ich freue mich, dass Ihr freiwillig hierhergekommen seid«, sagte Yabuta. »Setzt Euch.«

Seikei ließ sich auf einer Matte gegenüber von ihm nieder. Takanori schob die Tür zu, blieb aber hinter Seikei sitzen, für den Fall, dass Yabuta ihn brauchen sollte.

»Als ich erfuhr, dass Ihr das Leben dem Freitod vorgezogen hattet, war meine Neugier erweckt«, begann Yabuta. »Ich habe mich gefragt, welche Pläne Ihr wohl hegt.« Er sah zu Seikeis Obi hin, in dem jetzt nur das hölzerne Schwert steckte. »Ohne Eure Schwerter könnt Ihr nicht nach Edo zurückkehren. Das würde Unehre über Richter Ooka bringen.«

»Ich beabsichtige, meine Schwerter wieder zurückzuholen«, sagte Seikei. »Ich habe sie nur an einem sicheren Ort verwahrt.« Ob Yabuta wohl wusste, wo genau er sie gelassen hatte?

»Das ist sicherlich denkbar«, sagte Yabuta bedächtig. »Es wäre sicherlich auch denkbar, dass ich alle Vergehen vergesse, die Ihr auch dem Weg nach Kyoto begangen habt.« Offenbar bemühte er sich aus irgendeinem Grund, entgegenkommend zu sein. Das beunruhigte Seikei – es kam ihm vor, als versuchte eine Schlange, sich wie ein verspielter Hundewelpe zu verhalten.

»Und was wäre dafür nötig?«, fragte Seikei.

»Erzählt mir, was Euch nach Nagoya geführt hat«, sagte Yabuta heiter, als habe er sich soeben überlegt, Seikei eine kleine Stadtführung zu geben.

Seikei zögerte. »Das wisst Ihr doch längst. Ihr habt ja Takanori zu mir geschickt.«

»Ihr wart auf dem Weg zum Schrein.« Yabuta nickte. »Wenn Ihr zum Schrein wollt, wisst Ihr auch, was da liegt.«

»Das Kusanagi-Schwert«, erwiderte Seikei. »Das Schwert, das das brennende Gras schneidet.«

Yabuta lächelte, als wären er und Seikei Seelenverwandte. »Sehr gut. Ich nehme an, Ihr wart es auch, der die Kusanagi-Schriftrolle in dem buddhistischen Kloster an der Tokaido-Straße zurückgelassen hat.«

Seikei nickte. Dass es streng genommen Hato gewesen war, musste Yabuta ja nicht erfahren.

»Wisst Ihr, wie wichtig dieses Schwert ist?«, fragte Yabuta.

Seikei dachte gründlich über die Frage nach. »Ich weiß, dass es sehr mächtig ist.«

»Also, dann erzählt doch mal, wie wolltet Ihr im Schrein vorgehen? Euch einfach so das Schwert schnappen? Außer den Priestern darf es niemand auch nur zu Gesicht bekommen.«

»Ich ... ich bin nicht auf das Schwert aus«, sagte Seikei. »Ich hatte gehofft, den Kaiser dort anzutreffen.«

Das schien Yabuta zu enttäuschen. »Also versteht Ihr offensichtlich doch nicht, welche Bedeutung das Schwert hat«, sagte er.

Und Seikei musste sich eingestehen, dass er Recht hatte. Reigen hatte ihm nur gesagt, dass das Schwert Risu zum Kaiser machen konnte. Aber wie?

Yabuta beugte sich zu ihm heran, als wollte er ihm ein wichtiges Geheimnis anvertrauen. »Fürst Ponzu hat den Kaiser entführt«, raunte er. »Ich habe nur einige wenige Männer zur Verfügung, nicht genug, um Fürst Ponzus Palast zu stürmen und den Kaiser zu retten.« Er blickte Seikei in die Augen. »Versteht Ihr, was das bedeutet?«

Seikei schüttelte den Kopf.

»Wenn Fürst Ponzu es schafft, dem Kaiser das Schwert in die Hände zu legen, kann er dadurch den Shogun stürzen.«

»Weil derjenige, der das Schwert besitzt, allmächtig ist?«, fragte Seikei und dachte daran, was Reigen ihm gesagt hatte.

»Weil die Leute an die Legende vom Schwert *glauben*«, sagte Yabuta. »Wenn sie denken, dass der Kaiser unbesiegbar ist, werden sie sich ihm erst gar nicht widersetzen.«

»Ich ... ich glaube aber nicht, dass der Kaiser den Shogun stürzen *will*«, wandte Seikei ein.

»Natürlich will er das nicht«, zischte Yabuta ungehalten, als wäre Seikei ein besonders begriffsstutziger Schuljunge. »Er ist nur Fürst Ponzus Werkzeug. Der Fürst ist die treibende Kraft. Er ist ehrgeizig, er will sich selbst in der Position des Shoguns sehen. Und danach wird er dem Kaiser erlauben, sein sinnloses Luxusleben als Galionsfigur weiterzuführen.«

Seikei nickte wortlos, obwohl ihm das alles nicht ganz einleuchtete. Risu hatte ihm ja sehr entschieden gesagt, dass er sich nicht für den Kaiser hielt. Und wenn er ein Leben im Luxus führen wollte, wieso hätte er den Palast dann verlassen sollen?

»Ihr könntet Eure Schuld wiedergutmachen«, sagte Yabuta mit einschmeichelnder Stimme.

Seikei war sofort auf der Hut. »Was muss ich dafür tun?«

»Nichts Schwieriges«, antwortete Yabuta. »Und im Gegenzug vergesse ich dann all die unehrenhaften Dinge, die Ihr getan habt. Ihr könnt nach Edo zurückkehren, als hättet Ihr Euren Auftrag erfüllt.«

Seikei wartete. Bestimmt war Yabuta nur deswegen so großmütig, weil Seikei etwas extrem Gefährliches oder Unehrenhaftes erledigen sollte.

»Ich möchte, dass Ihr das Schwert an Euch nehmt«, sagte Yabuta.

»Aber Ihr habt doch eben selbst gesagt, dass nur die Priester …«

»Ja, die Priester, und natürlich der Kaiser selbst«, unterbrach ihn Yabuta.

»Und wie soll ich dann bitte …? Oh nein«, sagte Seikei, als ihm plötzlich dämmerte, worauf sein Gegenüber hinauswollte.

»Glücklicherweise bekommten nur sehr wenige Menschen den Kaiser jemals wirklich zu Gesicht«, sagte Yabuta, ohne von Seikeis Bestürzung Notiz zu nehmen. »Zufällig weiß ich, dass er den Atsuta-Schrein noch nie aufgesucht hat. Die Priester, die den Schrein verwalten, wissen nur, dass der Kaiser ein Junge in Eurem Alter ist.«

»Trotzdem haben sie doch bestimmt eine Möglichkeit, festzustellen …«, begann Seikei, verstummte dann aber.

Yabuta hatte Takanori ein Zeichen gegeben, jemanden hereinzulassen. Seikei drehte sich um und sah sich den Ministern für Rechts- und Linksangelegenheiten gegenüber. Von ihrem hochmütigen Gesichtsausdruck war nichts mehr geblieben, stattdessen beäugten sie Yabuta angstvoll, als sei er ein gefährliches, wildes Tier, das ins Haus eingedrungen war.

»Habt Ihr das Gewand dabei, das der Kaiser trägt, wenn er einen Schrein aufsucht?«, fragte Yabuta die beiden.

»Wir haben das mitgebracht, das er bei seinem Besuch in Ise anhatte«, antwortete der Minister für Rechtsangelegenheiten.

»Wobei der Atsuta-Schrein natürlich etwas weniger wichtig ist«, wandte sein linker Kollege hinzu. »Daher könnte das Gewand als …«

»Zieht es ihm an«, unterbrach Yabuta ihn und zeigte auf Seikei.

Die beiden Minister sahen aus, als hätten sie soeben den Befehl bekommen, das kaiserliche Gewand einem Hund anzuziehen. Der eine versuchte sich an einem gestammelten Einwand, doch Yabuta schnitt ihm das Wort ab. »Mir ist klar geworden, dass ich eigentlich nur einen von Euch brauche. Sobald ich entschieden habe, wer von Euch weniger nützlich ist, werde ich mir dieses Geschnatter nicht weiter antun müssen. Ein abgeschnittener Kopf redet nicht.«

Sofort machten sich die Minister an die Arbeit. Seikei ließ sie hilflos gewähren.

Als er endlich fertig angezogen war, kannte er zumindest schon mal einen Grund, warum er niemals Kaiser sein wollte. Das Gewand war sperrig und schwer und das dazugehörige Untergewand war äußerst unbequem. Auf seinen Kopf kam ein hoher Hut, der sowohl Seikeis bürgerlichen Haarschnitt als auch sein Hachimaki-Stirnband bedeckte. Zum Schluss schoben ihm die Minister noch Sandalen mit hoher Sohle über die Füße, die ihn größer erscheinen ließen, aber das Gehen beinahe unmöglich machten.

»Das macht nichts«, sagte Yabuta, als Seikei ihn darauf hinwies. »Die Minister werden Euch ohnehin in einem Kago befördern.«

Die Minister rissen gleichzeitig den Mund auf, aber schlossen ihn, als sie den Ausdruck auf Yabutas Gesicht sahen, schnell wieder, ohne den geringsten Laut.

## Das Geheimnis des Schreins

Seikei musste unwillkürlich daran denken, wie er das letzte Mal in einem Kago gereist war. Er und sein leiblicher Vater, waren damit auf der Tokaido-Straße unterwegs gewesen. Sein Vater legte viel Wert auf Komfort und impfte Seikei ein, dies sei einer der Vorzüge, die das Geldverdienen mit sich bringe. Und doch hatte Seikei sich schon damals, in dem weich gepolsterten Kago, der von zwei stämmigen Männern getragen wurde, innig danach gesehnt, zu Fuß gehen zu können.

Und jetzt befand er sich plötzlich wieder völlig gegen seinen Willen in einer Sänfte. Der Kago selbst war viel luxuriöser ausgestattet als jeder Kago, in dem Seikei je zuvor gesessen hatte, wohingegen die beiden Minister die zierlichsten Kago-Träger waren, die er kannte.

Wie viel lieber wäre Seikei nun draußen bei den einfachen Pilgern gewesen, die um den Schrein herum standen und wissen wollten, warum sie nicht hereindurften. Natürlich war es Yabuta gewesen, der die Schließung des Schreins angeordnet hatte.

Trotz der vielen Menschen hatten die Minister keine Mühe, durch die Menge zu kommen. Den Grund dafür erkannte Seikei, als er durch einen Schlitz aus dem Kago hinausspähte. Mehrere von Yabutas Männern – groß gewachsene Samurai mit dem Wappen des Shoguns auf dem Kimono – gingen vor der Sänfte her, und wenn die Leute nicht schnell genug aus dem Weg gingen, machten sie ihnen mit Keulenschlägen Beine. Takanori und zwei weitere Männer bildeten die Nachhut und sorgten dafür, dass die Pilger den gebührenden Abstand einhielten. Das war leichter gesagt als getan, denn sobald sich die Kunde verbreitet hatte, dass der Kaiser im Kago war, drängten die Menschen in Scharen von hinten an die Sänfte heran. Die Schläge der Samurai ignorierend, streckten sie verzweifelt die Hände aus und versuchten den Kago zu berühren. Sie glaubten, der Kaiser hätte als lebender Kami die Macht, sie von ihren Krankheiten zu heilen.

Yabuta ging der gesamten Prozession voran, und eine Weile schien es, als habe die Menschenmenge ihn verschluckt. Seikei hoffte schon, er könnte einem von Fürst Ponzus Samurai begegnet und von diesem niedergeschlagen worden sein. Doch dann besann er sich – Fürst Ponzu war der Feind des Shoguns. Wie gnadenlos Yabuta auch sein mochte – Seikei musste froh sein, ihm dabei zu helfen, Fürst Ponzus Umsturzpläne zu durchkreuzen.

Und doch gingen ihm Reigens Worte nicht aus dem Kopf. Als Seikei gesagt hatte, Yabuta verfolge doch dasselbe Ziel wie sie – nämlich den Kaiser zu retten –, hatte Reigen erwidert: »Nicht unbedingt.« Und er hatte auch gesagt, das Schwert sei zu mächtig, als dass ein Mensch allein es besitzen könnte. Wenn alles nach Plan verlief, würde Seikei das Kusanagi-Schwert schon bald in Händen halten. Und was dann? Die Kusanagi-Schriftrolle kam ihm wieder in den Sinn: »*Also belegte Yamato das Schwert mit einem Bann, der sicherstellen sollte, dass nur ein Nachkomme Amaterasus es von seinem Ruheplatz fortbewegen konnte.*«

Nur eine Legende, würde Yabuta sicher sagen.

Ein Ruck ging durch den Kago und Seikei wurde gegen die Seite geschleudert. Er spähte hinaus – die Menschenmasse drängte sich so ungestüm heran, dass einer der Minister beinahe zu Fall gekommen wäre. Sollte die Sänfte zu Boden stürzen und aufgehen, könnten die Pilger in Raserei geraten und Seikei in ihrem verzweifelten Wunsch, ihn zu berühren, regelrecht in Stücke reißen.

Wenn das passiert, wird Hato niemals glauben, dass ich nicht der Kaiser bin, dachte Seikei. Er sah es schon förmlich vor sich, wie sie ausgerechnet dann mit dem echten Kaiser zum Schrein kam, wenn auch Seikei dort eintraf. Das würde selbst Yabuta in Erklärungsnöte bringen.

Aber dann beruhigte sich Seikei wieder. Das konnte eigentlich nicht passieren, solange sich Hato an seine Anweisungen hielt. Sie sollte ja erst am nächsten Tag zum Schrein kommen. Und dass sie sich schon vorher zufällig außerhalb von Fürst Ponzus Palast begegneten, war doch recht unwahrscheinlich.

Schmerzensschreie drangen von draußen an sein Ohr. Die Augen an den Schlitz gepresst, sah Seikei, wie Yabutas Männer mehrere Leute brutal aus dem Weg schubsten. Manche von ihnen wurden von denen zu Boden getrampelt, die von hinten nachdrängten. Seikei fühlte sich gefangen wie eine Ente, die in einem Holzkäfig zu Markte getragen wird, mit dem traurigen Schicksal, im Kochtopf zu landen. Selbst wenn er die Tür aufriss und sich aus dem Kago stürzte, würde er keine Chance haben zu entkommen.

Schließlich erreichten sie das Torii. Seikei klatschte leise in die Hände und richtete ein stummes Gebet an den Kami des Schreins. *Helft mir, meine Ehre zu bewahren, indem ich das Richtige tue.*

Die Priester des Schreins erwarteten sie bereits. Einer nahm das *Simenawa* herunter, das heilige Seil, das vor dem Eingang gespannt war und die Pilger am Eintreten gehindert hatte. Yabutas Männer hielten die Menschenmenge in Schach, während die zwei Minister den Kago hineintrugen. Dann wurde das Simenawa wieder vor das Tor gespannt.

Doch kein Seil der Welt hätte die Pilger davon abgehalten, den Schrein zu stürmen, wenn Seikei in Sichtweite aus dem Kago gestiegen wäre. Also mussten die Minister, die mittlerweile heftig keuchten, Seikei in seiner Sänfte die ganzen Stufen hoch- und in den Haiden hineinschleppen, ins Allerheiligste des Schreins. Schließlich spürte Seikei, wie der Kago vorsichtig auf dem Holzboden abgesetzt wurde. Als Kaiser wäre es unter seiner Würde gewesen, sich die Tür selbst aufzumachen, also wartete er.

Und tatsächlich, prompt ging sie auf und Seikei konnte hinausspähen. Der Raum war voller Shinto-Priester, die zumeist weiße Gewänder trugen. Die vier, die dem Kago am nächsten waren, fielen augenblicklich auf die Knie, und die vier hinter ihnen folgten ihrem Beispiel. Wie bei einem Dominospiel setzte die Bewegung sich weiter fort, bis am Ende alle auf den Knien kauerten. Alle – bis auf einen. In der allerletzten Reihe gab es einen Mann, der genauso gekleidet war wie alle anderen, aber scheinbar ungerührt stehen blieb.

Seikei erkannte ihn sofort: Reigen. Er erstarrte, als die Augen des alten Mannes seinen Blick trafen. Reigens Gesichtsausdruck war alles andere als billigend, im Gegenteil: So hatte er dreingeblickt, als Fürst Ponzus Männer auf der Straße vorbeigeritten waren. Seikei erwartete, dass er ausrufen würde: »Das ist nicht der Kaiser«, doch stattdessen trat Reigen nur zwei Schritte zur Seite und verschwand auf diese Weise aus Seikeis Sichtfeld.

Die anderen Priester verharrten regungslos auf den Knien, und die Sekunden verstrichen, ohne dass sich jemand rührte. Seikei überlegte, ob sie vielleicht darauf warteten, dass *er* etwas tat. Aber Yabuta hätte ihm bestimmt gesagt, wenn von ihm jetzt etwas erwartet worden wäre.

Möglichst unauffällig beugte sich Seikei nach vorn, um zu sehen, wohin Reigen verschwunden war. Was würde der alte Mann wohl tun? Wenn er Yabuta oder den beiden Ministern meldete, dass Seikei nicht der Kaiser war, spielte das natürlich keine Rolle. Aber der Schrein musste über einen ältesten Priester verfügen, der die Verantwortung trug, und Reigen wäre nicht in den Besitz der Priesteridentität und des Gewandes gekommen, wenn er ihn nicht gut gekannt hätte. Vielleicht war Reigen ja gerade dabei, ihm zu sagen, dass der Junge im Kago ein Betrüger war – das würde zumindest die Verzögerung erklären.

Das Klingeln einer kleinen Glocke durchbrach die Stille. Es schien ein Signal zu sein, denn die knienden Priester entspannten sich sichtlich. Einige hoben sogar den Blick, obwohl keiner so dreist war, Seikei direkt anzusehen.

Die zwei Minister tauchten vor der Kagotür auf, griffen nach Seikeis Händen und halfen ihm heraus. Zum Glück musste er nicht gehen, denn sofort erschienen zwei Priester mit einem hölzernen Stuhl.

Der Stuhl war schlicht und bar jeder Verzierung – er bestand aus ein paar zusammengezimmerten Holzbrettern. Das Holz war abgenutzt und voller Kratzer, was darauf schließen ließ, dass der Stuhl sehr alt war, vielleicht sogar mehrere Jahrhunderte alt. Nur widerstrebend setzte Seikei sich darauf, denn er wusste, dass diejenigen, die vor ihm darauf Platz genommen hatten, weitaus würdiger gewesen waren.

Einer der Minister legte ihm ein flaches hölzernes Zepter in die Hand und flüsterte: »Haltet das während der Zeremonie hoch.« Mit einem unmerklichen Seufzen befolgte Seikei die Anweisung.

Nun hievten sich vier junge Priester den Stuhl auf die Schultern und trugen ihn zu einer hohen Plattform. Von hier konnte Seikei auf jeden Mann im Raum herunterblicken, Reigen konnte er jedoch beim besten Willen nicht entdecken. Ihm fiel auf, dass Yabuta und die zwei Minister in den geheiligten Haiden eingelassen worden waren, Yabutas Samurai aber hatten draußen bleiben müssen.

Musik setzte ein und Gesang, den Seikei kaum verstand. Es war dieselbe uralte Sprache wie der Text auf der Schriftrolle. Alles, was er ausmachen konnte, waren einige lobpreisende Worte und Gebete um ein langes Leben für den Kaiser.

Seikei fühlte sich schrecklich. Der Kami, der diesem Schrein innewohnte, war von ihrem Betrug mit Sicherheit angewidert. Seikei blickte zur hohen Decke, ob Susanoo nicht vielleicht einen Blitz vom Himmel herabschickte, um dieser unwürdigen Zeremonie ein Ende zu bereiten.

Doch außer Seikei schien sich niemand Gedanken zu machen und die ernste, getragene Musik spielte in scheinbar endlosen Schleifen weiter und weiter. Nach einer Weile hatte Seikei Mühe, das Zepter hochzuhalten. Er überlegte, ob es wohl erlaubt war, die Hand zu wechseln. Lieber nicht, dachte er dann.

Mehrere junge Tänzerinnen erschienen und reihten sich rund um die Plattform auf, auf der Seikeis Stuhl stand. Sie waren hübsch, lächelten aber nicht. Langsam bewegten sie sich im Takt der Musik, als trügen sie schwere Lasten auf ihren Schultern.

Schließlich wechselte die Melodie, wurde schneller, als stünde nun etwas Wichtiges bevor. Seikei wurde wieder von der Plattform gehoben und versuchte seine Erleichterung darüber zu verbergen. Die Tänzerinnen um ihn herum waren zu Boden gesunken, wo sie reglos wie Herbstblätter liegen blieben.

Der älteste Priester im Raum trat nach vorn und stellte sich neben Seikei. Er trug ein purpurrotes Gewand, das seine hohe Stellung unterstrich. Auf sein Zeichen hin wurde eine Tür aufgeschoben, die in den inneren Honden führte. Dort wurden, wie Seikei wusste, die heiligen Gegenstände aufbewahrt, die von den Kami bewohnt waren. Seikei hatte noch nie in das Innere eines Honden geblickt, geschweige denn einen Fuß auf diesen heiligen Boden gesetzt. Und nun sollte er einfach so hineinspazieren!

»Er wird Euch zeigen, wo das Schwert ruht«, flüsterte ihm einer der Minister ins Ohr. »Ihr müsst die Schatulle öffnen und das Schwert herausholen.«

Der andere Minister bückte sich, um Seikei die hohen Sandalen auszuziehen. Die Tabi-Socken aus weißer Baumwolle ließ er ihm allerdings an und Seikei schritt nach vorn. Zum Glück war der blanke Holzboden rau, denn das Letzte, was Seikei jetzt gebrauchen konnte, war auszurutschen. In dem Augenblick, als er den Honden betrat, verstummte die Musik schlagartig hinter ihm und ein Raunen ging durch die Menge. Seikei spürte mehr als dass er hörte, wie der alte Priester ihm folgte.

Es war dunkel im Honden, nur aus einer kleinen Dachluke sickerte etwas Licht herein. Nachdem seine Augen sich an die Finsternis gewöhnt hatten, sah Seikei eine lange, glänzend schwarze Lackschatulle, die in der Mitte des Raumes auf einem niedrigen Tisch lag. Offenbar wurde darin das Schwert aufbewahrt. Bei dem Gedanken, sie gleich öffnen zu müssen, überzogen sich seine Handflächen mit kaltem Schweiß.

Als er näher heranging, erkannte er, dass der Deckel nicht richtig auflag. Seltsam. Sein Gefühl sagte ihm, dass es besser war zu warten, bis der Hohepriester zu ihm aufgeschlossen hatte.

Seikei warf dem Priester einen Blick zu – gab es noch irgendetwas zu tun oder zu beachten, bevor er den Deckel der Schatulle anhob? Offenbar nicht, denn der alte Mann wartete ganz offensichtlich darauf, dass Seikei etwas tat.

Seikei berührte den Deckel. Beinahe erwartete er, tot umzufallen, weil er etwas tat, was nur einem Nachkommen Amaterasus erlaubt war. Er schob seine Finger unter die Kante. Der Deckel schien nicht schwer zu sein. Ein schwacher Duft stieg ihm aus dem Inneren der Schatulle in die Nase. Er hob den Deckel an und sah darunter.

Der Hohepriester stieß gleich einem waidwunden Tier einen durchdringenden Laut aus und wich zurück. Seikei fürchtete schon, er würde zu Boden fallen.

Die Schatulle war leer. Das Kusanagi-Schwert war verschwunden.

## Takanori packt aus

Bestimmt würden die Priester nun die logische Schlussfolgerung daraus ziehen. Das Schwert befand sich nicht mehr im Schrein, also war es doch klar, dass derjenige, der es eben hatte herausholen wollen, ein Betrüger sein musste.

Aber nein. Der Hohepriester ging zu den anderen zurück und erklärte mit vor Angst und Scham zitternder Stimme, das Schwert sei verschwunden.

Alle Blicke richteten sich auf Seikei, und ihm wurde schlagartig klar, dass er nun wütend werden musste. Die Wächter des Schreins, deren oberste Pflicht es war, das Schwert zu bewachen und zu bewahren, hatten versagt.

Seikei versuchte einen strengen Blick aufzusetzen. Was ihm offenbar so gut gelang, dass sowohl alle Priester als auch die Musiker und die Tänzerinnen augenblicklich auf die Knie fielen und den Kopf senkten.

Es standen nun nur noch drei Leute außer Seikei: die zwei Minister, die furchtsam dreinblickten, und Yabuta, dem keinerlei Angst anzusehen war. Im Gegenteil, er sah genauso böse aus, wie Seikei in seiner Rolle als Kaiser eigentlich hätte sein müssen.

Yabuta starrte Seikei mit solchem Zorn an, dass es Seikei heiß entgegenschlug. Bestimmt ließ Yabuta jetzt alles auffliegen und verurteilte ihn zum Tode. Ja, Seikei konnte wohl noch froh sein, wenn Yabuta nichts Schlimmeres als den Tod für ihn vorgesehen hatte.

Doch auch diesmal irrte er sich. Yabuta wirbelte auf dem Absatz herum und stapfte aus dem Haiden hinaus. Offenbar hatte er einen Ersatzplan.

Die zwei Minister sahen Seikei flehentlich an. Seikei verstand – sie hatten ihn als Kaiser hier eingeschleust, und nun mussten sie das Spielchen zu Ende bringen. Es gab nur einen Weg hinaus.

Seikei deutete auf die Sandalen, die vor dem Honden am Boden lagen. Einer der Minister zog sie ihm an und Seikei stieg wieder in den Kago. Die Tür wurde zugeschoben und Seikei spürte, wie die zwei Minister die Sänfte anhoben. Er bedauerte, den Schrein ohne ein tröstliches Wort an die Priester verlassen zu müssen, aber »keine Sorge, es ist nicht Eure Schuld« war wohl nicht das, was man von einem Kaiser erwartete.

Seikei überlegte besorgt, wie die Minister ihn draußen durch die Menge tragen sollten, nun, da Yabuta und seine Männer nicht mehr da waren.

Doch am Eingang des Schreins wartete Takanori auf sie. »Macht Platz!«, schrie der Ronin. »Der Kago ist leer. Der Kaiser ist im Schrein geblieben. Lasst uns durch.«

Ob Seikei es gefiel oder nicht, Takanoris Einfall war gut! Es funktionierte – bis auf einige wenige Leute, die auch den leeren Kago unbedingt berühren wollten, wichen die meisten vor der Sänfte enttäuscht zurück. Und so dauerte es nicht lange, bis sie wieder vor dem Haus ankamen, in dem Seikei auf Yabuta getroffen war. Die Minister setzten den Kago viel weniger vorsichtig ab als beim letzten Mal und Seikei musste die Tür selbst aufschieben.

Diesmal kniete niemand bei seinem Anblick nieder. Takanori stand vor ihm, die Hand am Schwertknauf. »Nehmt die Verkleidung ab«, sagte er, »und lasst sie im Kago.«

Seikei tat wie befohlen und behielt nur das Unterkleid an. Takanori führte ihn ins Haus. Wieder stieg Seikei der Blutgeruch in die Nase, und diesmal war er sicher, dass sein eigenes Blut sich bald damit mischen würde. Er konnte sich beim besten Willen keinen Grund denken, warum Yabuta ihn nun noch am Leben lassen sollte, dafür aber etliche, warum Yabuta ihn tot sehen wollte.

Die beiden Minister waren verschwunden, was Takanori nicht im Geringsten zu interessieren schien. Er schob die Tür zu einem Zimmer auf und bedeutete Seikei, einzutreten. »Setzt Euch«, sagte er, und Seikei ließ sich auf den mit Matten bedeckten Boden sinken. Er sah sich um, doch nirgendwo waren Blutflecken zu erkennen. Er würde bestimmt in einem anderen Raum getötet werden, ohne Matten, die man später verbrennen musste.

Das Haus schien völlig menschenleer zu sein. Dennoch stand Takanori stockstreif Wache, mit dem Rücken gegen die Papierwand, und sagte kein Wort.

»Worauf wartet Ihr?«, fragte Seikei irgendwann. Seine Stimme zitterte und er schämte sich dafür.

»Auf Yabuta«, antwortete Takanori. »Oder auf jemanden, der mir seine Befehle überbringt.«

Er genoss es sichtlich, Macht über einen Gefangenen zu haben. Seikei beschloss, seine Selbstsicherheit etwas anzugreifen. »Und wenn Yabuta Euch längst vergessen hat?«

»Das würde er nie tun«, erwiderte Takanori. »Ich bin sehr hilfreich gewesen.«

»Nur weil Ihr ihm die Geschichte von Fürst Ponzu erzählt habt?«, spottete Seikei. »Und ihm gesagt habt, dass Ihr mir auch schon die gleiche Geschichte erzählt hattet?«

Takanori lächelte verschlagen. »Ihr kapiert aber auch gar nichts, was? Es war natürlich Yabuta, der mich losgeschickt hat, um Euch auf der Straße die Geschichte zu erzählen.«

Seikei konnte nicht verhindern, dass man ihm die Überraschung ansah. »Aber ... aber dann stimmte die Geschichte also gar nicht?«

»Doch, doch«, sagte Takanori und genoss die Wirkung, die seine Worte auf Seikei hatten, in vollen Zügen. »Fürst Ponzu plant wirklich einen Aufstand gegen den Shogun. Und zwar hat niemand anderes als Yabuta ihn dazu angestiftet.«

»Ihn angestiftet?« Seikei war, als wäre er plötzlich aus einem Traum erwacht – in eine Welt, die auf einmal ganz anders war als vorher.

»Ja«, sagte Takanori. »Fürst Ponzu ist tatsächlich so gierig, wie ich gesagt habe. Yabuta musste nur ein paar Andeutungen machen, und schon glaubte Fürst Ponzu, dass er den Shogun stürzen kann. Er brauchte nur den Kaiser gefangen zu nehmen und sich das Kusanagi-Schwert anzueignen.«

»Aber warum sollte Yabuta so etwas tun? Er ist doch Abgesandter des Shoguns.«

Takanori nickte. »Versteht Ihr jetzt, wie schlau er ist? Stellt Euch nur vor, wie dankbar der Shogun ihm sein wird und wie großzügig er ihn belohnen wird, wenn er erfährt, dass der Anführer der Wachen des Inneren Gartens einen Aufstand vereitelt und so einen gefährlichen Daimyo wie Fürst Ponzu aus dem Verkehr gezogen hat. Yabuta wird sein wichtigster Berater werden.«

»Vereitelt?« Seikei schüttelte verwirrt den Kopf. »Ihr habt doch eben gesagt, er habe den Aufstand selber angezettelt.«

»Ja, genau. Und dadurch kennt er Fürst Ponzus Pläne bis ins Kleinste. Er hat sogar seine Männer in Ponzus Streitkräfte eingeschleust, damit sie sofort handeln können, wenn Yabuta den Befehl gibt.«

»Wer würde sich denn zu so etwas Unehrenhaftem bereit erklären?«

Takanori lachte, als wäre Seikei ein dummes kleines Kind. »Wenn Fürst Ponzu besiegt ist, werden die Männer, die dazu beigetragen haben, einen Teil seiner Ländereien bekommen.« Er packte den Griff seines Schwertes und streckte den Rücken durch. »Auch ich werde auf diese Weise entlohnt werden.«

»Aber warum habt Ihr mir von Fürst Ponzus Plänen erzählt?«, fragte Seikei. »Ich hätte doch sofort zum Shogun gehen und ihm davon berichten können. Dann hätte Yabuta nicht mehr als der große edle Retter dagestanden.«

»Yabuta wusste, dass ihr das nicht tun würdet«, antwortete Takanori. »Er hat mir gesagt, ich solle die Geschichte möglichst unglaubwürdig erscheinen lassen. Außerdem seid Ihr viel zu brav, um etwas über den Kopf Eures Adoptivvaters hinweg zu entscheiden. Yabuta passte es überhaupt nicht, dass der Shogun Euch den Auftrag erteilt hatte, den Kaiser wieder an seine Pflichten zu erinnern. Er fürchtete, wenn Ihr darin Erfolg hättet, würde Richter Ooka in der Gunst des Shogun noch höher steigen. Yabuta kann keine Konkurrenz gebrauchen, also hat er dafür gesorgt, dass Ihr entehrt wurdet.«

»Also war alles meine Schuld.« Seikei fühlte sich hundeelend.

»Ach, macht Euch keine Vorwürfe. Yabuta ist einfach nur schlauer als jeder andere. Ihr könntet ihm vielleicht ja immer noch nützlich sein.«

»Wieso?«, fragte Seikei.

»Na ja, das Schwert ist zwar verschwunden, aber im Schrein haben Euch alle für den Kaiser gehalten. Vielleicht will Yabuta, dass Ihr diese Rolle weiterspielt.

Dann wäre auch das Problem des Shoguns gelöst, sich mit einem pflichtvergessenen Kaiser herumärgern zu müssen.«

»Aber Ihr vergesst den echten Kaiser«, wandte Seikei ein.

»Nein, keineswegs. Yabuta hat alles genau geplant. Als sich herausgestellt hat, dass das Schwert weg ist, wusste er sofort, dass Fürst Ponzu es genommen haben muss.«

Das bezweifelte Seikei stark. Er hatte eine ganz andere Vorstellung davon, wer das Schwert entwendet hatte, aber das würde er Takanori ganz sicher nicht auf die Nase binden.

»Was bedeutet, dass Fürst Ponzu nun bereit ist«, fuhr Takanori fort. »Also wird es Zeit für Yabuta, den Aufstand zu vereiteln.«

»Und wie will er das machen?«

»Indem er Ponzus Palast anzündet. Wenn der Daimyo herausflüchtet, werden Yabuta und seine Samurai ihn töten. Und ich vermute, sie werden mit dem Kaiser genauso verfahren, um ihn ein für alle Mal los zu sein.« Er lächelte. »Dann wird Yabuta einen Ersatz für ihn brauchen. Wenn nicht Euch, dann jemand anderen.«

Seikei dachte an Hato, die vielleicht in diesem Augenblick beim Kaiser war. Er musste sie unbedingt warnen. Sie und den Kaiser natürlich, verbesserte er sich in Gedanken. Aber wie sollte er hier rauskommen?

»Ich ... ich glaube nicht, dass das funktioniert«, sagte er zu Takanori.

Doch bevor der Samurai etwas erwidern konnte, stach ein Schwert mitten durch seine Brust.

Seikei starrte völlig fassungslos auf die herausragende Klinge.

Takanori war nicht minder verblüfft. Instinktiv griff er mit beiden Händen nach der Klinge, als wollte er sie herausziehen.

Seikei wollte ihm noch zurufen, dass das doch unmöglich sei, schließlich stecke ja der Griff in seinem Rücken! Doch er war wie gebannt; kein Ton kam über seine Lippen und seine Augen sogen das grausige Schauspiel förmlich auf.

Das Schwert wurde nun wie von Zauberhand in den Körper zurückgesaugt. Takanoris Finger wurden in Stücke geschnitten, als er die Klinge festzuhalten versuchte.

Schließlich war die Klinge wieder verschwunden, und Takanori hielt die blutenden Hände hoch. Seikei konnte den Blick nicht von diesen verstümmelten Händen abwenden, an denen das Fleisch in Fetzen herabhing.

Das Schwert war offenbar das Einzige gewesen, das Takanori noch auf den Beinen gehalten hatte. Sobald es nicht mehr in seinem Körper steckte, stürzte er mit dem Gesicht nach unten auf den Boden, und eine Blutlache breitete sich rasch um ihn herum aus. Jetzt werden die Matten also doch verbrannt werden müssen, kam Seikei in den Sinn.

Nun, da Takanori ihm nicht mehr die Sicht versperrte, konnte Seikei alles sehen. Die Papierwand war aufgeschlitzt.

Jemand hatte das Schwert durch das Papier hindurch in Takanoris Rücken gestoßen.

Jemand ... dessen Schatten nun an der Wand entlangschlich.

Jemand ... der sich jetzt daranmachte, die Tür aufzuschieben.

Es war der Mensch, den zu sehen Seikei am meisten gefürchtet hatte: Reigen. Er erschien auf der Schwelle und wischte das Blut von der Klinge eines offensichtlich sehr, sehr alten Schwertes.

## *Nachricht von Hato*

»Ist das …?«, begann Seikei.

»Ja.« Reigen steckte die Klinge wieder in die Schwertscheide. Das Kusanagi war das einzige Schwert, das er trug. Er hatte nun auch keine Mönchskutte mehr an, sondern einen purpurroten Kimono mit weißem Chrysanthemen-Wappen. »Ja, es ist das Kusanagi-Schwert. Ich musste es von seiner Ruhestätte entfernen, um zu verhindern, dass es in die falschen Hände gerät.« Er sah Seikei vielsagend an.

Seikei senkte den Kopf. »Yabuta hat gesagt, ich muss das Schwert nehmen, um Fürst Ponzus Aufstand zu vereiteln.«

»Das spielt jetzt keine Rolle mehr«, sagte Reigen. »Wir müssen zu Fürst Ponzus Palast.«

Seikei stand auf. Auf einmal wurde ihm bewusst, dass er nur das kaiserliche Unterkleid und hohe Sandalen trug.

»So könnt Ihr nicht los«, sagte auch Reigen. »Wo ist das Holzschwert geblieben, das ich für Euch gemacht habe?«

Ohne Schwierigkeiten fand Seikei seine Kleider und das Schwert in einem benachbarten Zimmer wieder. Während er sich anzog, sagte Reigen: »Ich möchte, dass Ihr mir etwas versprecht.«

»Ich weiß«, erwiderte Seikei. »Ich habe meine Lektion gelernt. Ab sofort betrachte ich wirklich jeden, der sich uns in den Weg stellt, als Feind.«

»Das ist gut, aber es geht mir jetzt um etwas noch Wichtigeres«, sagte Reigen. »Ihr werdet Euer Schwert nicht einzusetzen brauchen, solange ich bei Euch bin. Mit dem Kusanagi kann ich jeden Feind besiegen.«

Seikei war etwas enttäuscht. Er hatte gehofft, Reigen helfen zu können, und nun sollte er sich offenbar aus allem heraushalten.

»Ich will, dass Ihr allzeit wachsam bleibt«, fuhr Reigen fort. »Seid bereit, Euer Schwert zu benutzen – gegen mich. Oder gegen jeden anderen, der das Kusanagi-Schwert in die Hand nimmt.«

Seikei konnte kaum glauben, was er gehört hatte. »Gegen Euch? Aber warum?«

»Wie gesagt – das Schwert ist zu mächtig, als dass jemand es besitzen könnte. Das schließt mich mit ein. Wenn Yabuta nicht vorgehabt hätte, es zu stehlen, hätte ich es auch an seinem Platz gelassen.«

»Aber mit dem Schwert seid Ihr unbesiegbar«, sagte Seikei. »Wie sollte ich mir einbilden, mit einem Holzschwert gegen Euch angehen zu können?«

»Als ich Euer Schwert gemacht habe, habe ich ihm die Macht verliehen, mich zu besiegen.«

»Da verlangt Ihr trotzdem zu viel von mir. Wie soll ich überhaupt wissen, wann ich eingreifen muss? Angenommen ...«

»Ich werde es Euch wissen lassen«, unterbrach ihn der alte Mann. »Haltet Euch einfach nur bereit.«

Seikei seufzte. »Ich werde es versuchen«, sagte er dann zu Reigen. Doch insgeheim bezweifelte er, dass er den Mut haben würde, gegen den Träger des unbesiegbaren Kusanagi anzukämpfen.

Reigen hatte dafür gesorgt, dass draußen zwei Pferde warteten, und sofort machten sie sich auf den Weg. Doch sie kamen zu spät. Eine Rauchsäule stieg über dem Stadtteil auf, in dem sich der Palast befand. Wenig später fanden sie sich inmitten einer panisch fliehenden Menschenmenge wieder. Viele der Leute trugen ihre Besitztümer auf dem Rücken – anscheinend wohnten sie in der Nähe des Palastes und fürchteten, die Flammen könnten auf ihre Häuser übergreifen. Anders als in Edo, wo Richter Ooka in jedem Stadtteil Feuerwachen hatte aufstellen lassen, verfügte Nagoya über keine professionellen Feuerbekämpfer.

Was fatal war, wie sich nun, da Seikei und Reigen näher kamen, immer deutlicher zeigte. Der aus Holz gebaute Palast brannte hinter seiner hohen Steinmauer lichterloh. Zwei der fünf Türme standen bereits in Flammen und es sah aus, als würden sie jeden Augenblick zusammenbrechen. Selbst wenn tausend Feuerwehrleute mit gefüllten Wassereimern zur Verfügung gestanden hätten, wäre es zu diesem Zeitpunkt schon unmöglich gewesen, das Feuer noch zu löschen. Der Palast war dem Untergang geweiht.

Erst jetzt wurde Seikei Yabutas Plan in allen Einzelheiten klar. Die Steinmauer, die das Palastanwesen umgab, war nur durch drei Tore unterbrochen. Und Yabutas Männer – unter ihnen die Verräter, die sich als Fürst Ponzus Samurai ausgegeben hatten – hatten sie alle blockiert. Seikei hörte die Angstschreie der Menschen hinter der Mauer, die flehten, vor dem Feuer fliehen zu dürfen. Selbst aus der Entfernung war die Hitze der Flammen deutlich zu spüren.

Der Kaiser ist mitten in dieser Flammenhölle, dachte Seikei. Und Hato, die ihm so treu ergeben gewesen war. Er wollte sein Pferd antreiben und sie retten, aber angesichts der Übermacht von Yabutas Männern schien ihm das ein hoffnungsloses Unterfangen.

Plötzlich erhob sich Gebrüll über das Meer von Schreien. Es kam von dem Tor, das ihnen am nächsten war. Sofort hielt Reigen darauf zu und Seikei folgte ihm.

Ein Kampf war im Gange. Einige der Samurai, die Fürst Punzo treu geblieben waren, versuchten sich den Weg nach draußen freizuschlagen. Seikei hörte, wie Klingen aufeinanderklirrten, und wusste, dass dies ein Kampf auf Leben und Tod war.

»Bleibt hier«, sagte Reigen. »Haltet Ausschau nach dem Kaiser. Wenn Ihr ihn seht, bringt ihn in Sicherheit.« Damit stürzte er sich ins Gefecht.

Seikei wäre ihm gern gefolgt, wusste aber, dass Reigen Recht hatte. Das Wichtigste war, den Kaiser zu retten – und Hato. Er ließ den Blick oberflächlich über die Menschen streifen, die vom Palast wegliefen, rechnete allerdings insgeheim nicht damit, die beiden zusammen zu sehen. Hato würde es kaum geschafft haben, sich im Palast bis zum Kaiser durchzuschlagen.

Die ganze Zeit über behielt er Reigen im Auge. Der alte Mann hatte Yabutas Männer überrascht, denn mit einem Angriff von hinten hatten sie nicht gerechnet. Seikei sah, wie Reigen das mächtige Schwert immer wieder hob und es herabsausen ließ. Yabutas Männer fielen zu Boden, einer nach dem anderen, reihenweise niedergemäht, so schnell und leicht, als wären sie – ja, als wären sie Grashalme.

Gleich drei Samurai auf einmal stürzten sich auf Reigen und versuchten ihn vom Pferd herunterzuzerren, doch sofort gingen sie blutüberströmt zu Boden. Seikei hatte schon öfter Schwertkünstler in Aktion gesehen, aber keiner war mit der Klinge so meisterlich umgegangen wie Reigen. Es war unfassbar, dass jemand ein Schwert so geschmeidig und wirkungsvoll umherwirbeln konnte. Oder lag es nur daran, dass das Schwert so mächtig war? Seikei ertappte sich bei dem Wunsch, er könnte das Kusanagi in die Hand nehmen, um es selbst auszuprobieren …

Doch einen Augenblick später war dieser Gedanke vergessen. Reigens Eingreifen hatte es Fürst Ponzus Männern ermöglicht, die Blockade zu durchbrechen. Mit einem Triumphschrei stürzten sie durch das Tor und metzelten ihre verbleibenden Feinde nieder.

Nun, da das Tor frei war, strömten auch die anderen Menschen heraus – Dienstboten, Arbeiter, Mägde, Kinder. Reigen prüfte der Reihe nach die Gesichter, die an ihm vorbeieilten. Seikei ritt näher an ihn heran und hielt ebenfalls nach Risu und Hato Ausschau.

Plötzlich versperrte eine junge Frau Seikei den Weg, indem sie sich vor seinem Pferd auf die Knie warf. Seikei musste heftig an den Zügeln ziehen, um nicht über sie hinwegzutrampeln. »Aus dem Weg!«, rief er erschrocken.

Die Frau sah mit gefalteten Händen zu ihm auf. »Majestät!«, rief sie. »Vergebt mir! Ich habe eine Nachricht für Euch!«

Seikei beugte sich nach vorn und sagte so leise, dass nur sie es hören konnte: »Wie habt Ihr mich eben genannt?«

»Oh Herr, Hato hat schon gesagt, dass Ihr wütend sein würdet, aber sie hatte gute Gründe, mir zu verraten, wer … Ihr seid.«

Seikei wusste nicht, ob er Hato böse oder doch eher erleichtert sein sollte, dass sie noch am Leben war. »Woran habt Ihr mich erkannt?«, fragte er die Frau.

»Hato sagte, Ihr würdet, verzeiht mir, Majestät, wie ein Lieferjunge verkleidet sein. Und dann ist da natürlich noch Euer Hachimaki.«

Seikei berührte sein Stirnband, das er schon fast vergessen hatte.

»Sehr gut«, sagte er. »Und wie lautet nun die Nachricht?«

»Ich soll Euch von Hato ausrichten, dass Fürst Ponzus Männer Risu in die Suzuka-Berge gebracht haben, und dass sie mitgegangen ist.«

»Tatsächlich? Wann war das?«

»Heute Morgen, Herr. Bevor das Feuer ausgebrochen ist.«

»Und wohin genau sind sie gegangen?«

»Das kann ich nicht sagen. Risu wollte wohl dorthin. Ich muss mich schon wieder entschuldigen, Herr.«

»Wofür?«

»Ich nehme an, Ihr wisst, dass Fürst Ponzu Risu für den Kaiser hält?« Hastig fügte sie hinzu: »Was natürlich nicht stimmt.«

»Ja, ich weiß. Ist schon gut.«

»Nun, offenbar will Risu einen Ort aufsuchen, der Euch vorbehalten ist.«

»Der mir vorbehalten ist?«

»Ja, Herr, aber die dortige Dienerschaft wird natürlich merken, dass er nicht der wahre Kaiser ist, und wird ihn nicht hineinlassen.«

»Da bin ich mir sicher.« Seikei wurde langsam ungeduldig. Er musste dringend zu Reigen und ihm die Neuigkeiten berichten.

»Hato lässt Euch auch ausrichten, dass sie versuchen wird, die Diener dazu zu bringen, Risu gefangen zu nehmen. Dann will sie ihn in den Bergen festhalten, bis Ihr eintrefft.«

Doch Seikei hörte ihr kaum mehr zu. Dieses ganze Durcheinander und Versteckspiel bereitete ihm zunehmend Kopfschmerzen. Reigen war längst aus seinem Sichtfeld verschwunden. Bestimmt war er schon durch das Tor geritten. »Ihr habt Eure Sache gut gemacht«, sagte Seikei zu der jungen Frau. »Wenn ich ... wieder in Kyoto bin, werde ich versuchen, Euch eine Belohnung zukommen zu lassen.«

Sie verbeugte sich tief und Seikei trieb sein Pferd an. Aber immer noch flüchteten die Leute massenhaft aus dem Palast, sodass er nur langsam vorankam.

Plötzlich riss ihm jemand die Zügel aus der Hand. Seikei griff nach seinem Schwert, doch noch bevor er es herausziehen konnte, packte ein Reiter ihn am Arm. Im nächsten Moment spürte Seikei eine kalte Messerspitze im Nacken.

»Wehrt Euch nicht«, zischte der Angreifer. »Wir wollen Euch nicht wehtun.«

»Was wollt Ihr dann?«, fragte Seikei.

»Jemand will mit Euch sprechen.«

Seikei holte tief Luft. Er brauchte Hilfe, doch Reigen war nirgendwo zu sehen. Er hatte keine Wahl. Seikei stieg vom Pferd und ließ sich von den beiden Männern wegführen.

Eine Weile schwammen sie im Menschenmeer mit, das vom Palast wegströmte, dann führten die Männer Seikei in eine Seitenstraße, die sich einen Hügel hinaufwand. Oben gelangten sie zu einem rechteckigen Platz, von dem aus man einen perfekten Ausblick auf das Palastanwesen hatte. Und wer stand da und genoss den Ausblick in vollen Zügen? Yabuta.

## Fürst Ponzus Schweigen

»Es wäre einfacher, Eure Nachrichten in schriftlicher Form zu schicken«, sagte Seikei. »Dann würdet ihr nicht die kostbare Zeit Eurer Männer vergeuden.«

Yabuta starrte ihn an. »Ich möchte sichergehen, dass die Leute meine Nachrichten auch *verstehen*«, sagte er. »Mit der letzten ist offenbar einiges schiefgelaufen. Ich wollte das Schwert haben, aber Ihr habt jemand anderem geholfen, es zu stehlen.«

»Ich habe genau das getan, was Ihr mir gesagt habt«, widersprach Seikei. »Ich hatte keine Ahnung, dass jemand anders das Schwert stehlen würde.«

»Unsinn! Ihr seid an der Seite des Mannes, der das Schwert jetzt hat, hergekommen«, sagte Yabuta. Offenbar konnte er von seinem Hügel aus eine Menge sehen. »Und er hat es gegen meine Männer eingesetzt.«

»Ich habe es vorgezogen, ihm zu dienen«, sagte Seikei, »weil er mich vor Takanori gerettet hat.«

Yabuta nickte, als wüsste er das längst. »Ich habe mir schon gedacht, dass Takanori nicht in der Lage sein würde, Euch festzuhalten«, sagte er und zuckte dann mit den Schultern. »Er stellt keinen sehr großen Verlust dar.«

In jedem Fall war er ein recht geschwätziger Untertan, dachte Seikei. Er hat mir verraten, dass Yabuta Fürst Ponzu zum Aufstand gegen den Shogun angestiftet hat. Und das ist ein Geheimnis, das er bestimmt nicht hatte teilen wollen.

»Aber das Kusanagi …«, fuhr Yabuta fort. »*Dieser* Verlust schmerzt mich sehr. Ich will, dass Ihr Reigen dazu bringt, es mir zu geben.«

Seikei konnte seine Überraschung nicht verbergen. »Woher kennt Ihr seinen Namen?«

»Ich kenne Reigen. Ich habe ihn gleich erkannt, selbst von hier oben«, sagte Yabuta. »Es ist noch nicht so lange her, dass er Kyoto verlassen hat. Es hieß, er habe sich zurückgezogen, aber mir kommt er nicht wie ein Mann vor, der ein Leben in einsamer Kontemplation zu führen versucht.«

»Er war gezwungen, das Schwert zu nehmen, bevor ich es ergreifen konnte.«

»Ach ja?« Yabuta zog die Augenbrauen hoch. »Wie bedauerlich, dass ich ihm ständig solche Umstände machen muss. Denn jetzt möchte ich, dass er mir das Schwert gibt.«

»Das wird er mit Sicherheit niemals im Leben tun«, sagte Seikei.

»Tatsächlich? Bestimmt macht es Euch nichts aus, ihm eine Nachricht von mir zukommen zu lassen.«

»Und zwar?«

»Sagt Reigen, ich habe seinen Enkel. Und wenn er möchte, dass Yasuhito am Leben bleibt, muss er mir das Schwert bringen.«

Seikei war wie vom Donner gerührt. Yasuhito? Das war Risus echter Name! »Enkel? Der Kaiser ist Reigens Enkelsohn?«

Yabuta grinste verschlagen. »Ach, es gibt wohl tatsächlich Dinge, die Ihr noch nicht wisst, in Eurer unendlichen Weisheit? Ja, Reigen ist der alte Kaiser, der sich zurückgezogen hatte, Yasuhitos Großvater. Also, wenn Ihr das bisher nicht gewusst habt, verstehe ich nicht, wieso Ihr ihm gefolgt seid.«

»Weil er ein Mann von Ehre ist«, erklärte Seikei.

»Dann wollen wir hoffen, dass Ihr Recht habt und er beschließt, seinen Enkel zu retten.«

Seikei überlegte fieberhaft. Es war klar, dass Yabuta log. Die Dienerin, die sich Seikei in den Weg gestellt hatte, hatte ja gesagt, Risu sei von Fürst Ponzus Männern in die Berge gebracht worden. Yabuta bluffte also. Aber zumindest hatte Seikei damit nun eine Möglichkeit, Reigen über alle neuen Entwicklungen in Kenntnis zu setzen.

»Ich werde ihm die Nachricht überbringen«, sagte Seikei.

»Gut. Und danach würde ich an Eurer Stelle sofort nach Edo zurückkehren«, sagte Yabuta. »Auf diese Weise seid Ihr der Erste, der dem Shogun die frohe Kunde überbringt, dass ich Fürst Ponzus Aufstand vereitelt habe.«

»Habt Ihr das denn?«, fragte Seikei skeptisch.

»Würde ich schon sagen.« Yabuta schnippte einen seiner Männer zu sich her. »Zeigt unserem jungen Freund meine Trophäe.«

Der Mann verschwand hinter einem Felsen und kehrte mit einem Lederkorb zurück. Er kippte ihn nach vorn, sodass Seikei hineinsehen konnte. Seikei blinzelte. Im Korb lag der Kopf eines Mannes und sah aus halb geöffneten Augen zu ihm hoch.

»Darf ich vorstellen: Fürst Ponzu«, sagte Yabuta. »Ich würde sagen, damit ist sein Aufstand Vergangenheit, meint Ihr nicht?«

Ja, dachte Seikei. Außerdem kann Fürst Ponzu nun niemandem mehr verraten, wer ihn zu diesem Aufstand angestiftet hat.

Seikei ging wieder hinunter zum Palast. In der Tat, der Aufstand, sofern es ihn gegeben hatte, war vorbei. Die Türme brannten immer noch, doch mittlerweile waren die meisten Menschen entweder geflohen oder beim Versuch zu fliehen ums Leben gekommen.

Niemand hielt Seikei auf, als er durch das Tor ging, das Reigen freigekämpft hatte. Vor ihm erstreckte sich ein grausiger Pfad aus Leichen. Offenbar hatten Samurai beider Lager versucht, Reigen aufzuhalten. Und er hatte mit allen gleichermaßen kurzen Prozess gemacht.

Wie sollte man in diesem Konflikt auch zur einen oder anderen Seite halten?, fragte sich Seikei. Auf beiden Seiten gab es so viel Hinterlist und Verrat, dass er sich nicht sicher war, ob überhaupt noch irgendjemand wusste, was Ehre hieß.

Er erreichte einen Steingarten, der einst als Stätte der Schönheit erbaut worden war. Nun sah er nichts als Tod und Zerstörung, die Spuren von panisch flüchtenden Menschen. Ein Samurai lag mit dem Gesicht nach unten leblos auf dem Kies. Und neben ihm kauerte Reigen mit geschlossenen Augen und meditierte.

Sobald Seikei den ersten Fuß auf den Kies setzte, fuhr Reigens Hand zum Griff seines Schwertes. Er blickte auf, Traurigkeit in den Augen. »Ich konnte Yasuhito nicht finden«, sagte er. »Ich spüre, dass er nicht mehr hier ist. Seid Ihr gekommen, um mir zu sagen, dass er nicht mehr lebt?«

»Doch, er lebt, aber ich fürchte, er ist in großer Gefahr«, antwortete Seikei.

»Setzt Euch und erzählt mir alles, was Ihr wisst.«

Seikei zögerte. »Ich kann mich nicht neben Euch setzen, als wären wir gleichen Standes. Ich weiß jetzt, wer Ihr seid.«

Reigen runzelte die Stirn. »Ihr meint, dass ich … dass ich einst Kaiser war.«

Seikei verneigte sich.

»Hört mir zu«, sagte Reigen. »Wir verfolgen doch dasselbe Ziel, oder nicht?«

»Den Kaiser zu retten, ja«, erwiderte Seikei. Und Hato, fügte er in Gedanken hinzu.

»Dann müssen wir alles tun, was nötig ist, um dieses Ziel zu erreichen.«

»Solange es ehrenhaft ist.«

»Das versteht sich von selbst. Es ist durchaus ehrenhaft, wenn Ihr mich als gleichrangig behandelt – oder sogar wie Euren Diener –, solange dies uns dabei hilft, unser Ziel zu erreichen. Gebt Ihr mir Recht?«

»Ja, das verstehe ich«, sagte Seikei.

»Gut. Und nun berichtet, was Ihr erfahren habt.«

Nachdem Seikei ihm von der Begegnung mit der jungen Palastdienerin erzählt hatte, nickte Reigen. »Ich weiß, welchen Ort sie meint. Als Yasuhito klein war, hatten wir eine Hütte in den Bergen. Im Sommer, wenn es in Kyoto zu warm wurde, gingen wir dorthin. Wir waren nicht viele – nur fünf, sechs Diener, seine Eltern und ich. Aber er weiß wohl nicht, dass die Hütte nach dem Tod seines Vaters geschlossen wurde. Sie wird nun verlassen sein.«

Er stand auf und klopfte sich den Staub ab. »Wir brechen sofort auf«, entschied er. Doch als er Seikeis Gesichtsausdruck sah, hielt er inne. »Gibt es noch etwas, was Ihr mir zu sagen habt?«

Seikei nickte besorgt. »Das hätte ich Euch lieber als Erstes erzählen sollen. Yabuta ist hier.« Er berichtete ihm, welche Nachricht ihm Yabuta aufgetragen hatte.

»Und Ihr denkt, Yabuta kann uns auch in diesem Augenblick sehen?«, fragte Reigen.

Seikei zeigte auf die Hügelkuppe, wo er mit Yabuta zusammengetroffen war und wo man noch immer eine Gruppe von Männern ausmachen konnte.

»Aber Yabuta kann den Kaiser ja unmöglich in seiner Gewalt haben«, sagte Seikei. »Die Dienerin hat mir doch gesagt, dass er von Fürst Ponzus Männern weggebracht wurde.«

»Ihr vergesst, dass einige von Fürst Ponzus Leuten für Yabuta gearbeitet haben«, wandte Reigen ein.

Das leuchtete Seikei ein.

»Egal, in wessen Gewalt der Kaiser nun ist, wir müssen ihn so schnell wie möglich finden«, sagte Reigen.

»Aber Yabuta wird uns sicher verfolgen, wenn wir ihm das Schwert nicht geben«, wandte Seikei ein.

»Das soll er mal versuchen. Seid Ihr bereit, mich zu begleiten, wohin auch immer ich reisen muss?«

»Ja«, antwortete Seikei ohne die Spur eines Zweifels.

»Und Ihr habt auch nicht vergessen, was Ihr mir versprochen habt? Dass Ihr Euer Schwert benutzt, wenn es nötig ist?«

Seikei zögerte. »Nein, ich habe es nicht vergessen«, sagte er dann leise.

»Das ist wichtig, jetzt mehr als je zuvor«, sagte der alte Mann. »Das Kusanagi-Schwert muss an seinen Platz zurückkehren. Schwört, dass Ihr dafür sorgen werdet.«

»Ich schwöre.«

»Dann lasst uns jetzt an einen Ort gehen, wohin Yabuta und seine Leute uns nicht folgen können.«

Seikei wollte fragen, wo dieser Ort lag, aber Reigen hatte sich bereits abgewandt und hielt geradewegs auf den immer noch brennenden Palast zu.

# Wie die Fische

Seikei musste sich beeilen, um Reigen einzuholen. Er hatte so viele Fragen. Und die wichtigste lautete, ob Reigen bewusst war, dass sie beide bei lebendigem Leibe verbrennen würden.

Die Flammen hatten diesen Teil des Palastes zwar noch nicht erreicht, würden es aber sehr bald tun. Rauch erfüllte bereits die große Eingangshalle, und Reigen bedeutete Seikei, tief gebückt zu gehen. In Bodennähe fiel das Atmen leichter.

Seikei hatte nicht die leiseste Ahnung, was Reigen hier wollte. Selbst wenn es ihnen gelingen sollte, durch den Palast zu kommen und durch einen anderen Ausgang wieder ins Freie zu gelangen, würde Yabuta sie von seinem Aussichtshügel aus beobachten können. Vielleicht hatte Yabuta, nun da ihm klar war, dass Reigen das Schwert nicht hergeben wollte, seine Männer längst angewiesen, den Palast zu umzingeln.

Reigen bog in einen kurzen Flur ein, und als Seikei ihm folgte, fuhr ihm ein gehöriger Schreck durch die Glieder, denn der alte Mann war urplötzlich verschwunden. Doch dann sah er eine Treppe, die nach unten führte, in ein Loch so schwarz wie Tinte. Seikei setzte den ersten Fuß auf die Treppe und hörte Reigens Schritte vor sich. Ihm blieb nichts anderes übrig, als dem alten Kaiser zu folgen.

Hier war die Luft nicht ganz so verräuchert. Seikei spürte sogar eine frische feuchte Brise, die von unten heraufzog. Aber das war doch unmöglich, da unten konnte es ja keine Fenster geben!

Seikei stützte sich mit einer Hand seitlich an der Steinmauer ab. Vielleicht wollte Reigen sich in irgendeinem längst vergessenen Kerker verstecken, bis Yabuta die Suche nach ihnen einstellte? Aber nein, das sah ihm nicht ähnlich. Bestimmt wollte er seinen Enkel so schnell wie möglich finden.

»Halt.« Reigens Stimme erklang dicht vor ihm aus dem Dunkel. Hier unten war es so vollkommen still, dass Seikei nichts als seinen eigenen Atem hörte. Doch plötzlich drang ein anderes Geräusch an seine Ohren – ganz schwach nur, aber gleichmäßig. Seikei hielt die Luft an, um besser lauschen zu können.

Wasser. Fließendes Wasser.

»Könnt Ihr schwimmen?«, fragte Reigen.

»Einigermaßen«, erwiderte Seikei. Er war sich allerdings nicht sicher, ob er das auch in völliger Dunkelheit konnte, ohne die geringste Ahnung, was um ihn herum war.

»Vielleicht müssen wir auch gar nicht schwimmen«, sagte Reigen. »Wir sind hier in einem Tunnel, der den

Palast mit Frischluft versorgt. Im Frühling, wenn in den Bergen der Schnee schmilzt, kann der Wasserlauf ziemlich tief sein. Aber im Moment ist er wahrscheinlich so flach, dass wir uns nur nasse Füße holen werden. Zieht Eure Sandalen und die Tabi aus.«

Seikei tat, wie ihm geheißen, und folgte Reigen ins Wasser. Es war nicht kalt, aber der Boden war mit scharfkantigen Steinen bedeckt, die ihn in die Fußsohlen stachen. Doch noch schlimmer fand er es, als er auf etwas Weiches, Schleimiges trat, das sich unter seinem Fuß hin und her wand. Erschrocken schrie Seikei auf und schämte sich im selben Moment dafür.

»Ach ja, da sind Schlangen im Wasser«, erklärte Reigen. »Auch Frösche, Schnecken und anderes Getier. Aber keine Sorge, giftig sind die wenigsten.«

Seikei hoffte inständig, auf keine weitere Schlange mehr zu treten. Er versuchte, sich vorsichtig weiter voranzutasten, gab das jedoch bald wieder auf, da Reigen in scharfem Tempo weit vorauswatete. Einmal rutschte Seikei aus und fiel aufs Knie. Doch er stand schnell auf und bewegte sich noch schneller vorwärts. Er hatte keine Ahnung, wie weit sie schon gekommen waren, vermutete aber, dass sie längst außerhalb des Palastanwesens sein mussten.

Irgendwann fiel ihm auf, dass er das Wasser und die Tunnelwände schemenhaft erkennen konnte, offenbar näherten sie sich dem Tageslicht.

Und dann endlich strahlte ihnen wieder der Himmel entgegen. Sie verließen den Tunnel an einer Stelle, wo der Bach in den Shonai-Fluss floss. Seikei sah zurück. Der Hügel hinter dem Palast war in Rauch gehüllt. Er konnte niemanden da oben erkennen, was bedeutete, dass Yabuta sie umgekehrt sicher auch nicht sehen konnte.

Oder doch? Seikei hatte seine Lektion gelernt – den Mann durfte man nie unterschätzen. Als Seikei und Reigen in den Palast hineingelaufen waren, hatte Yabuta sich bestimmt schon gedacht, dass es einen weiteren Ausgang geben musste. Vielleicht hatte er sogar zu einem anderen Aussichtspunkt gewechselt und blickte in dieser Sekunde auf sie herunter.

Seikei erschauerte. Ein eisiger Wind blies ihnen von der Ise-Bucht ins Gesicht. Ungerührt stapfte Reigen weiter am Flussufer entlang.

Sie waren nicht allein. Um sie herum herrschte rege Betriebsamkeit, manche Leute fischten, andere wuschen ihre Kleidung. Grellbunte, viereckige Stoffstücke wurden auf dem Boden ausgebreitet – die Leute brachten ihren frisch gefärbten Stoff hierher, um ihn im Wasser auszuspülen. Bei so vielen Menschen würden Seikei und Reigen aus der Ferne schlechter zu erkennen sein.

Ein Mann mit einem kleinen Ruderboot fragte die beiden, ob sie den Fluss überqueren wollten. »Das kostet zwei Ryo pro Kopf«, sagte er, »aber Euch und Euren Enkel setze ich Euch für drei über.«

»Ich hätte lieber das Boot«, sagte Reigen.

Der Mann schien ihn nicht zu verstehen. »Das Boot braucht Ihr nicht. Ich bringe Euch hinüber.«

»Was wollt Ihr für das Boot?«, beharrte Reigen.

Der Mann schüttelte den Kopf. »Ohne mein Boot kann ich meinen Lebensunterhalt nicht mehr verdienen. Ich kann es nicht hergeben.«

»Ihr könnt Euch ein neues kaufen«, sagte Reigen. »Wir brauchen dieses Boot hier dringend.«

Der Mann sah den alten Kaiser an, als wäre er komplett verrückt, sichtlich unentschlossen, ob er ihn auslachen oder vor ihm fliehen sollte.

»Also gut«, sagte der Fährmann mit einem schelmischen Grinsen. »Ihr könnt das Boot haben – für einen Oban.«

»Gut.« Reigen holte einen kleinen Beutel aus seinem Kimono und hielt dem Mann eine goldene Münze hin.

Der Mann riss die Augen auf. Die Hand, die er nach dem Geld ausstreckte, zitterte, und er wog die Münze misstrauisch in der Handfläche. Bestimmt hat er noch nie einen echten Oban in der Hand gehalten, dachte Seikei. Die Goldmünze war viel leichter als die Kupfermünzen, mit denen man es täglich zu tun hatte. Dann steckte sich der Fährmann das Geldstück in den Mund und biss kräftig darauf. Wenn es wirklich aus Gold war, würde ein Zahnabdruck zu sehen sein. Schließlich musterte er die Münze – ja, da waren Zahnspuren. Er nickte bedächtig und trat respektvoll zur Seite. Das Boot gehörte nun Reigen.

Der alte Kaiser stieg ins Boot und bedeutete Seikei, es vom sandigen Ufer zu schieben und dann selbst hineinzuspringen.

»Ich werde selbst rudern«, sagte Reigen. »Der Fluss ergießt sich in die Bucht, wir treiben also mit der Strömung, das wird nicht allzu mühsam.«

Seikei sah zu dem Bootsmann zurück, der immer noch am Ufer stand und ihnen nachblickte. »Ihr hättet ihm keinen Oban geben müssen«, sagte Seikei.

»Er hat als Preis einen Oban genannt«, sagte Reigen. »Und ich wollte keine Zeit mit Verhandeln verschwenden.«

»Er wäre auch mit weniger zufrieden gewesen«, sagte Seikei.

»Wenn er von Natur aus ein glücklicher Mensch ist«, erklärte Reigen, »dann wird er morgen immer noch glücklich sein. Wenn er von Natur aus ein unglücklicher Mensch ist, wird er sich morgen ärgern, dass er nicht *zwei* Oban verlangt hat.«

Seikei lächelte.

»Was ihm dagegen vermutlich *nie* klar werden wird«, fuhr Reigen fort, »ist, dass ich ihn getötet hätte, wenn er mir das Boot nicht verkauft hätte.«

Seikei verging das Lachen. Reigen war es offenbar todernst damit.

»Solche Dinge gehen einem durch den Kopf, wenn man das Kusanagi-Schwert trägt«, sagte Reigen. »Genau deswegen will ich es keine Minute länger bei mir haben als unbedingt nötig.«

»Wohin fahren wir?«, fragte Seikei nach einer Weile.

»Zur kaiserlichen Residenz in den Suzuka-Bergen.«

»Aber da kommen wir doch nicht mit dem Boot hin.«

»Denkst *du*. Und ich hoffe, dass Yabuta das auch denkt. Bestimmt hat er längst seine Männer am Kontrollpunkt an der Tokaido-Straße abgestellt hat, um uns zu erwischen. Da muss jeder durch, der Nagoya auf dem Landweg verlassen will.«

Es sei denn, man schlägt sich in die Büsche und macht einen großen Bogen um die Wachpunkte, dachte Seikei. Er hatte nicht vergessen, wie der alte Mann sich in die Stadt geschlichen hatte.

»Da«, sagte Reigen und zeigte nach vorn. »Wir nähern uns unserem Ziel. Siehst du die Bucht da vorne? Die Kormoranfischer sind auf dem Wasser.«

Tatsächlich – dort, wo der Fluss sich in die große Bucht ergoss, nutzten Männer die Kormorane als Helfer. Sie banden den Vögeln, die großen Enten mit gebogenem Schnabel ähnelten, lange Schnüre um den Hals und ließen sie, ihrem Instinkt folgend, auf der Suche nach Fischen über dem Wasser kreisen. Wenn die Kormorane einen Fisch entdeckten, stürzten sie herab und versuchten, ihn mit dem Schnabel zu schnappen. Dabei tauchten sie manchmal sogar mit dem ganzen Körper ab. Wenn sie bei der Jagd erfolgreich waren, rollten die Fischer die Schnur wieder ein und nahmen den Vögeln den Fisch ab.

»Das ist aber ungerecht«, sagte Seikei. »Die Vögel machen die ganze Arbeit und die Männer kriegen die Beute. Stimmt es, dass die Kormorane den Fisch wegen der Schnur um ihren Hals nicht herunterschlucken können?«

»Ja«, antwortete Reigen. »Aber am Ende kriegen sie auch ihren Anteil ab. Ich finde es übrigens bezeichnend, dass zwar viele Leute mit den Kormoranen Mitleid haben, aber niemand mit den Fischen.«

Seikei musste lächeln. »Das liegt vielleicht daran, dass … na ja, es gibt einfach so viele Fische.«

»Und man kann sie nicht auseinanderhalten«, fügte Reigen hinzu. »Und genau so müssen wir jetzt auch werden.«

»Wie die Fische?«

»Genau. Und zwar müssen wir ziemlich tief schwimmen, damit Yabuta uns nicht sieht.«

Seikei rechnete beinahe damit, dass Reigen ihm befehlen würde, über Bord zu springen. Nach allem, was er seit seiner Abreise in Edo erlebt hatte, konnte ihn nichts mehr überraschen – dachte er zumindest.

Doch über Bord springen war nicht das, was der alte Kaiser vorhatte. Als sie in die Bucht kamen, lenkte Reigen das Boot am rechten Ufer entlang. Es unterschied sich in keiner Weise von den zahllosen anderen kleinen Booten, die das Wasser sprenkelten. Jeder, der Reigen und Seikei sah, würde annehmen, ein Großvater wäre mit seinem Enkel zum Fischen hinausgefahren.

Immer noch hatte Seikei keine Ahnung, wohin sie wollten. Reigen behielt pausenlos die Uferlinie im Auge, als suchte er etwas. Aber was? Seikei folgte seinem Blick, konnte aber nichts Ungewöhnliches entdecken, nur kleine Dörfer, Anlegestellen und, weiter oben auf dem Hügel, Reisfelder, Teeplantagen und kleine Hausgärten.

»Da sind wir«, sagte Reigen plötzlich und wendete scharf das Boot. Dann steuerte er zur Mündung eines kleinen Flusses, der sich in die Bucht ergoss.

»Jetzt müsst Ihr rudern«, sagte er zu Seikei, als sie die Mündung erreichten. »Wir brauchen Eure starken jungen Arme, um gegen die Strömung anzukommen.«

»Wie weit müssen wir?«, fragte Seikei.

»Bis dahin.«

Seikei folgte dem Fingerzeig. In der Ferne zeichneten sich die Berge ab. Sie schienen unendlich weit weg zu sein. »Seid Ihr sicher?«, fragte er.

»Als kleiner Junge«, sagte Reigen, »bin ich über diesen Fluss aus der kaiserlichen Residenz in Edo zur Bucht von Nagoya gekommen. Die Hütte in den Suzuka-Bergen, wo sich der Kaiser befindet, liegt auf dem Weg. Wir müssen nur flussaufwärts fahren.«

Nun, eines steht zumindest fest, dachte Seikei: Yabuta wird nie auf die Idee kommen, dass wir diesen Weg nehmen. Dennoch schaute er, während er das Boot den Fluss hinaufruderte, noch einmal zurück, ob ihnen auch niemand folgte.

# Das Kusanagi-Schwert spricht

Als Seikei aufwachte, war er immer noch erschöpft. Seine Arme schmerzten, die Blasen an seinen Handflächen brannten – kein Wunder, hatte er den ganzen Tag und die halbe Nacht gerudert. Und seine Laune war mit jedem Ruderschlag schlechter geworden. Irgendwie war er den Gedanken nicht losgeworden, dass Risu an all dem Ärger schuld war. Wenn Risu sich nicht plötzlich eingebildet hätte, er sei nicht der Kaiser, wäre das alles nicht passiert. Wenn *er* nicht der Kaiser sein will, dann sollen sie halt jemanden finden, der es will!, dachte Seikei. So jemanden wie Reigen, er war genau der Richtige für den Posten. Gut, Richter Ooka hatte gesagt, Reigen könne nicht einfach wieder auf den Thron zurückkehren, aber Seikei fand, in diesem Fall sollte wirklich eine Ausnahme gemacht werden.

All diese Gedanken waren unwürdig, und Seikei wusste genau, dass er sie Reigen gegenüber auf keinen Fall äußern durfte. Wütend zu sein hatte zumindest einen großen Vorteil: Es hatte ihm die Kraft verliehen, immer weiterzurudern.

Erst lange nach Einbruch der Dunkelheit hatten sie am Ufer angelegt. Für Seikei sah diese Stelle aus wie jede andere, an der sie in den vergangenen anderthalb Tagen vorbeigekommen waren. Nicht für Reigen. Er hatte sie ganz nahe zu einer hohen Klippe hingelotst, und Seikei hatte schon befürchtet, das kleine hölzerne Boot könnte an den Felsen zerschellen. Doch als sie nur noch einen halben Meter davon entfernt waren, hatte Reigen sich über den Bootsrand gebeugt und einen Strauch beiseitegeschoben, der aus einem Felsspalt wucherte.

Hinter dem Felsspalt hatte sich eine Höhle aufgetan, die gerade groß genug war, dass das Boot hineingleiten konnte. Als der Strauch wieder an seinen Platz zurückrutschte, waren sie für etwaige Beobachter von außen von der Bildfläche verschwunden. Im Bootsrumpf zu schlafen war alles andere als bequem, aber Seikei war so erschöpft, dass ihm bald die Augen zufielen.

Nun sickerte Sonnenlicht durch den Strauch, der den Höhleneingang verdeckte, und Seikei dachte an die Legende von Amaterasu in der Höhle. Reigen schien schon länger wach zu sein und beendete soeben eine Meditationsübung.

»Ich hatte noch gar keine Gelegenheit, Euch zu fragen«, begann Seikei, »warum Ihr den Spiegel aus dem Kaiserpalast gestohlen habt.«

»Ich werde ihn brauchen, wenn wir den Kaiser gefunden haben«, erklärte Reigen. »Lasst uns zuerst einmal diese Aufgabe erfüllen und dann machen wir unsere anderen Fehler wieder gut.«

Seikei fragte sich, ob er wohl auch für etliche dieser »anderen Fehler« verantwortlich war. Er hoffte nicht, denn Reigen würde bestimmt nicht gerade zimperlich sein, wenn es darum ging, diese »Fehler« wiedergutzumachen.

Langsam schoben sie das Boot wieder durch den Strauch nach draußen ins helle Sonnenlicht. Nun erkannte Seikei etwas, was er in der Finsternis der vergangenen Nacht nicht hatte sehen können – nicht weit von ihnen entfernt war ein Anlegesteg. Dahinter führte ein steinerner Pfad den Hügel hinauf. Das Gras und die Blumen am Wegesrand sahen aus, als habe sich einst jemand sorgfältig um sie gekümmert, doch jetzt war der Pfad überwuchert, und niemand hatte das Herbstlaub weggekehrt. Es schien, als wäre der Ort vor langer Zeit verlassen worden.

Seikei ruderte das Boot an den Steg und macht es dort fest. Reigen stieg aus. Er wirkte hellwach und schien mit allen Sinnen zu erforschen, ob jemand in der Nähe war. »Bleibt im Boot und haltet euch bereit«, sagte er zu Seikei. »Vielleicht müssen wir gleich wieder aufbrechen.«

Er war gerade ein paar Schritte den Steinpfad hinaufgegangen, als plötzlich auf der Hügelkuppe ein Samurai auftauchte. Fürst Ponzus Wappen prangte auf seinem Kimono. Er wirkte überrascht, Reigen zu sehen. Kein Wunder, dachte Seikei. Vom Wasser her hat er bestimmt niemanden erwartet.

»Wer seid Ihr? Und was macht Ihr hier?«, rief der Samurai.

»Wir sind Reisende auf der Suche nach einem Unterschlupf«, erwiderte Reigen mit weicher Stimme. Er ging langsam auf den Samurai zu, die Hände ausgestreckt, wie um seine friedlichen Absichten zu zeigen.

Doch der Samurai zog wütend sein Kurzschwert und fuchtelte damit Reigen entgegen. »Verschwindet von hier! Sofort!«, schrie er.

Reigen ging weiterhin auf ihn zu, als wäre er schwer von Begriff. Seikei beobachtete ihn mit angehaltenem Atem, ihm war bewusst, in welcher Gefahr Fürst Ponzus Samurai sich befand.

Der Ärger darüber, dass der alte Mann seinem Befehl nicht folgte, ließ den Samurai jegliche Vorsicht vergessen. Er stürzte mit gestrecktem Schwert auf Reigen zu. Und dann ging alles ganz schnell. Reigen zog sein Schwert. So rasch, dass Seikei der Bewegung kaum folgen konnte, ließ er die Klinge herabsausen und schnitt dem Samurai die Hand ab. Immer noch das Schwert umklammernd, fiel sie zu Boden.

Zu spät erkannte der Samurai, dass er sich dem harmlos wirkenden alten Mann nicht hätte nähern dürfen. Er riss den Mund auf, als wollte er um Hilfe rufen, doch schon einen Sekundenbruchteil später brachte das Kusanagi-Schwert ihn für immer zum Schweigen.

Reigen drehte sich zu Seikei um und bedeutete ihm, ihm zu folgen. Als Seikei an dem toten Samurai vorbeikam, streifte er ihn mit einem ängstlichen Blick und betete mehr denn je darum, das Versprechen, das er Reigen gegeben hatte, nie einlösen zu müssen.

Auf der Hügelkuppe bot sich ihnen ein idyllisches Bild. Eine Lichtung tat sich vor ihnen auf, und mittendrin stand eine grob gezimmerte Hütte, die das Heim einer bescheidenen Bergbauernfamilie hätte sein können, wäre sie nicht so groß gewesen. Das nach oben gebogene Dachgesims war ungestrichen, und als Dachziegel dienten Steine, die so aussahen, als hätte man sie im Wald wahllos aufgelesen.

Der Ort sah verlassen aus, aber Seikei wusste, dass der Eindruck täuschte. Irgendwo in dieser Hütte musste der Kaiser sein. Und Hato. Seikei schnupperte, aber kein Hauch von Gingkobrei drang in seine Nase. Schlechtes Zeichen, dachte er. Vielleicht waren Risu und Hato längst umgebracht worden.

Reigen schritt nun eilig voran, ohne sich dabei um einen lautlosen Schritt zu bemühen. Prompt traten drei kräftige Samurai aus dem Haus und bauten sich auf der Veranda auf. Auch sie trugen Fürst Ponzus Wappen.

Reigen blieb stehen. »Was habt Ihr in meinem Haus zu suchen?«, rief er ihnen zu.

»Euer Haus?«, wiederholte einer. »Das ist nicht Euer Haus. Es gehört dem Kaiser.«

»Erkennt Ihr mich nicht?«, rief Reigen und legte eine Hand an den Schwertknauf.

Die drei Samurai berieten sich leise. Sie waren sichtlich verunsichert. »Der Kaiser ist im Haus«, sagte einer schließlich.

»Ich bin sein Großvater«, erwiderte Reigen. »Und dies ist das Kusanagi-Schwert.« Er zog die Klinge aus der Scheide und reckte sie hoch in die Luft. »Wagt Ihr es jetzt immer noch, Euch mir zu widersetzen?«

Einer der Samurai schien tatsächlich Widerstand leisten zu wollen. Er zog sein eigenes Schwert und sah seine Begleiter Hilfe suchend an. Sie zögerten.

Verärgert winkte der kühne Samurai ab. »Das ist doch bloß ein alter Mann«, sagte er, sprang von der Veranda und baute sich in Kampfhaltung vor Reigen auf.

Als Reigen den ersten Hieb setzte, versuchte der Samurai ihn mit seinem Schwert zu parieren. An sich die richtige Taktik, dachte Seikei, und sie hätte auch Erfolg gehabt, wären die Schwerter ebenbürtig gewesen. Doch das Kusanagi war unbesiegbar. Es ließ das Schwert des Samurai so leicht zersplittern, als wäre es aus Gips. Reigens Hieb zerstörte erst das Schwert, dann schnitt es dem Samurai den Arm am Ellbogen ab. Blut schoss aus dem Stumpf heraus, und der Mann stürzte auf die Knie. Hilflos versuchte er die Blutung zu stoppen, dann fiel er in Ohnmacht.

Reigen verschwendete keinen Blick mehr an ihn. »Und?«, rief er den anderen beiden Samurai zu.

Diesmal mussten sie sich nicht erst beraten, um eine Entscheidung zu treffen. Sofort stürmten sie von der Veranda und waren bald darauf in einem Hain verschwunden.

»Sie haben keine Ehre«, sagte Seikei.

»Sie dienen ihrem Herrn für Geld, nicht für Ehre«, erwiderte Reigen. »Was ist Eurer Meinung nach mehr wert, das eigene Leben oder die Ehre?«

»Die Ehre«, antwortete Seikei pflichtergeben. »Sterben muss jeder, doch die Ehre bleibt für immer.«

»So vergesst Euer Versprechen nicht«, sagte Reigen und schritt die Stufen zur Hütte hinauf.

Während er den Schwertknauf fest umklammerte, um seine Aufregung zu verbergen, folgte Seikei ihm ins Haus. In der Eingangshalle stand ein Wandschrein zu Ehren Amaterasus. Drei Flure führten zu den anderen Räumlichkeiten des Hauses.

Reigen gab Seikei ein Zeichen, leise zu sein. Totenstill lag die Hütte da, als wäre sie seit Jahren nicht mehr betreten worden. Doch Reigen schien trotzdem etwas zu hören.

Entschlossen wählte er den linken Flur.

Seikei hielt sich dicht hinter ihm. Als sie am Ende des Ganges durch eine offene Tür traten, blieb Reigen abrupt stehen. Seikei blickte über seine Schulter und sah, warum: Vor ihnen stand Yabuta. Er hatte es also doch zuerst hierher geschafft.

»Ich habe auf Euch gewartet«, sagte der Vorsteher des Inneren Gartens. »Und da Ihr meine Wachen besiegt habt, weiß ich, dass Ihr mir mitgebracht habt, was ich haben wollte.« Er sah Seikei eisig an. »Danke für das Überbringen meiner Nachricht.«

Seikei lief ein kalter Schauer über den Rücken. Yabuta saß auf einer Matte und hielt dem jugendlichen Kaiser ein Messer an die Kehle. Risu – oder richtiger: Yasuhito – waren die Hände auf dem Rücken gefesselt worden, und auf seinem Gesicht spiegelte sich ein Ausdruck, den Seikei dort noch nicht gesehen hatte: Todesangst.

»Ich habe ihm hundertmal gesagt, dass er den Falschen hat, aber er wollte mir nicht glauben«, drang Hatos Stimme aus einer anderen Ecke des Zimmers. Auch ihre Hände waren fest zusammengebunden, und Seikei fragte sich unwillkürlich, warum Yabuta sie nicht auch geknebelt hatte.

»Dieses Mädchen«, sagte Yabuta, »ist besessen von der irren Idee, der Junge in meiner Gewalt sei nicht der Kaiser. Offenbar hat Richter Ookas Stiefsohn diese Rolle schon gespielt, bevor ich es ihm vorgeschlagen habe. Stimmt das?«

»Es handelt sich um ein reines Missverständnis«, sagte Seikei.

»Dann wollen wir es doch auf der Stelle aufklären. Sollte ich nicht den echten Kaiser in Händen halten, wird der Großvater nicht zögern, mich mit seinem Schwert zu töten. Aber sollte der Junge doch Yasuhito sein, wird sein Großvater nicht riskieren wollen, dass ihm die Kehle aufgeschlitzt wird. Und macht bloß keine Dummheiten: Meine Hand wird schneller sein als seine. Nun, alter Mann, wie sieht es aus, möchtet Ihr Euren Enkelsohn sterben sehen?«, wandte er sich an Reigen.

»Nein«, sagte Reigen leise.

»Dann nehmt – bitte – das Kusanagi mitsamt seiner Scheide und legt es vor mich auf den Boden.«

Reigen begann die Schwertscheide aus seinem Gürtel zu ziehen.

»Nein!«, schrie Seikei. »Das dürft Ihr nicht!«

»Ich muss«, widersprach Reigen. »Ihr habt doch gehört, was er gesagt hat.«

»Aber Yabuta wird das Schwert dazu benutzen, sich zum Herrscher Japans zu machen.«

»Nur ein Nachfahre Amaterasus kann der Herrscher Japans sein«, sagte Reigen. »Yabuta kann Shogun werden, aber gleichgültig, wer Shogun ist, Herrscher ist und bleibt der Kaiser.«

Reigen zog die Scheide samt Schwert komplett unter seinem Obi heraus, hielt es in beiden Händen, als bringe er ein Opfer, machte dann einen Schritt nach vorn und legte es vor Yabuta auf den Boden.

Während Reigen wieder langsam zurückwich, versetzte Yabuta Yasuhito einen Stoß und schnappte sich das Schwert. Er zog es heraus und bewunderte die Klinge so hingebungsvoll, als würde er sein eigenes Spiegelbild im schimmernden Metall sehen.

Und dann drehte er sich, die Augen glitzernd vor Triumph, zu Seikei um.

## *Erkenntnis*

»Es ist Zeit«, sagte Reigen.

Seikei verstand im ersten Moment nicht, was er damit sagen wollte. Doch dann dämmerte es ihm.

Jetzt? Nun, sterben würde er sowieso, also warum nicht jetzt? Lieber starb er in Verteidigung seiner Ehre als um Gnade winselnd.

Seikei zog sein hölzernes Schwert aus dem Obi.

Als Yabuta es sah, fing er an zu lachen. Es klang wie das heisere Krächzen einer Krähe, die einen Haufen ausgekippten Reis entdeckt hat.

»Also hängt Ihr immer noch Eurem überheblichen Stolz an?«, sagte er. »Es wird mir ein Vergnügen sein, dem ein für alle Mal ein Ende zu bereiten.« Yabuta sprang nach vorn, bereit, Seikei mit dem Kusanagi in zwei Hälften zu spalten.

Seikei war von Bunzo und vom Schauspieler Tomomi in der Kunst des Schwertkampfs ausgebildet worden. Er hatte auch miterlebt, wie ein Ninja-Meister mit dem Schwert umgegangen war, und daraus ebenfalls viel gelernt. Sein einziger Vorteil in diesem Kampf gegen

Yabuta bestand darin, dass Yabuta annahm, er sei ein blutiger Anfänger.

Und so stand Seikei, als Yabuta die tödliche Klinge herabsausen ließ, schon nicht mehr dort, wo er eben noch gestanden hatte. Als er gesehen hatte, wie Yabuta zum Schlag ausholte, war er einen Schritt zur Seite gewichen.

Womit er nun die Chance hatte, Yabuta seinerseits zu treffen. Seikeis Schwert durchschnitt elegant die Luft, traf seinen Gegner aber unglücklicherweise nur an der Schulter.

Doch auch dies reichte aus, um Yabutas Zorn zu entfachen. Er stürzte sich mit voller Wucht auf Seikei und setzte diesmal zu einem seitlichen Hieb an. Seikei duckte sich darunter weg, wie er es einst Tatsuno hatte machen sehen, und antwortete mit einem Hieb, der auf Yabutas Gesicht abzielte. Er hatte gehofft, Yabutas Auge zu treffen, aber der Stich erreichte nur die Nase. Zumindest fing diese zu Seikeis Zufriedenheit sofort an zu bluten.

Er hatte damit gerechnet, dass Yabuta nun unbesonnener zuschlagen würde, doch der Mann war kein Narr. Er hielt seine Wut im Zaum und begann um Seikei herumzuschleichen. Schritt für Schritt wich Seikei zurück und versuchte außerhalb der Reichweite des rasiermesserscharfen Schwertes zu bleiben, das Yabuta vor seinem Gesicht hin und her schwenkte. Schließlich war Seikei mit dem Rücken gegen eine Wand gedrängt. Yabuta griff an, Seikei duckte sich zur Seite weg. Doch diesmal hatte Yabuta die Ausweichbewegung kommen sehen und holte zu einem Hieb in Seikeis Fluchtrichtung aus.

Seikei riss sein Holzschwert hoch – mehr konnte er zu seiner Verteidigung nicht tun. Und hätte die Klinge des Kusanagi es getroffen, wäre es so mühelos entzweigespalten worden wie ein Strohhalm. Doch zum Glück traf nur die Breitseite der Klinge auf Seikeis Schwert und wurde dadurch so abgelenkt, dass Seikei darunter wegschlüpfen konnte.

In dem Versuch, sich mehr Platz zum Manövrieren zu verschaffen, wirbelte Seikei auf dem Absatz herum und rannte weg. Leider barg diese Taktik die Gefahr, einem Angriff von hinten wehrlos ausgesetzt zu sein, wenn er nicht schnell genug war. Und Yabutas Schritte klangen entsetzlich nah.

Plötzlich hörte Seikei etwas krachen und Yabuta fluchte. Seikei drehte sich um – sein Gegner lag am Boden. Hato hatte ihm ein Bein gestellt.

Schon den Bruchteil eines Augenblicks später war Yabuta wieder auf den Beinen. Er stürzte sich auf Hato. Aber Seikei ließ sein Schwert instinktiv herabsausen. Er hatte auf Yabutas Kopf gezielt, doch der Mann schien gespürt zu haben, dass der Hieb kommen würde, und duckte sich darunter weg.

Dann drehte er sich zu Seikei um, die Augen glühend vor Hass. Er setzte zu zwei seitlichen Hieben an, denen Seikei mühelos ausweichen konnte. Auf einmal fiel Seikei auf, dass sein Gegner keuchte, als falle es ihm schwer, das Kusanagi zu halten. Das kam ihm seltsam vor, denn Yabuta war viel jünger als Reigen, und dem hatte das Gewicht des Schwertes nichts ausgemacht.

Diese Schwäche konnte er doch bestimmt zu seinen Gunsten ausnutzen. Er hörte auf, die Schläge seines Gegners zu parieren, und wich ihnen stattdessen nur mit flinken Schritten nach allen Seiten aus.

Es war eine riskante Strategie, aber sie schien zu funktionieren: Mit jedem Hieb wirkte Yabuta schwächer, und es schien, als würden Seikei und das Kusanagi bis in alle Ewigkeit Fangen spielen können. Schließlich blieb Yabuta stehen, das Schwert kaum eine Handbreit über dem Boden, und sein Atem rasselte so laut, dass alle Umstehenden es hören konnten.

»Es ist Zeit«, sagte Reigen wieder.

Ja, dachte Seikei. Jetzt bin ich im Vorteil.

Er glitt vorwärts, ohne die Füße vom Boden abzuheben, und nahm dabei das Schwert hoch. Yabuta sah den Schlag kommen und versuchte mit dem Kusanagi zu parieren, aber vergebens. Seikei traf ihm seitlich am Kopf, mit einer Heftigkeit, von der er selbst nicht gewusst hatte, dass er sie haben könnte. Als das Holzschwert Yabutas Kopf traf, klang es, als breche ein Ast vom Baum ab.

Yabuta stürzte zu Boden und blieb reglos liegen.

»Habt Ihr ihn getötet?«, rief Hato. »Wenn nicht, verpasst ihm noch einen Schlag.«

Seikei sah nach unten. Er zitterte von der Anstrengung des Kampfes und brachte kein Wort heraus.

Reigen kam herbei und beugte sich über Yabutas regungslosen Körper. »Er lebt«, sagte er. »Er hat es nicht verdient, so leicht zu sterben.« Dann stand er wieder auf und sah Seikei an. »Nehmt das Schwert.«

Seikei sah verständnislos auf sein hölzernes Schwert herunter.

»Das Kusanagi«, drängte Reigen. »Nehmt es.«

Seikei bückte sich und löste das tödliche Schwert aus Yabutas Griff. Es war in der Tat viel schwerer, als er vermutet hätte. Er sah Reigen fragend an. »Wollt Ihr es haben?«

»Nein«, sagte Reigen. »Ihr müsst es zum Atsuta-Schrein zurückbringen. Schafft Ihr das?«

»Ja«, antwortete Seikei.

»Es steht Euch nicht zu, es zu benutzen«, fuhr Reigen fort.

»Ist Yabuta deswegen ... so müde geworden?«, fragte Seikei.

Reigen nickte. »Nur Amaterasus Nachfahren dürfen es benutzen. Der Kami des Schwertes hat sich gegen Yabuta zur Wehr gesetzt.«

»Großvater!« Eine Stimme drang zu ihnen. Sie wandten sich um – Yasuhito kauerte in einer Zimmerecke. »*Ich* will das Kusanagi-Schwert haben«, sagte er. »Gib es nicht ihm.«

»Du brauchst es nicht«, widersprach Reigen.

»Doch, ich brauche es. Als ich las ...« Er brach ab und sah sich um. »Ich möchte es nicht in ihrer Gegenwart sagen.«

»Sie sind dir treu ergeben«, sagte Reigen. »Du kannst ihnen vertrauen.«

Yasuhito schaute Hato an. »Nun, zumindest macht sie guten Gingkobrei«, sagte er. »Aber was ist mit ihm?« Er zeigte auf Seikei.

»Er hat die Kusanagi-Schriftrolle bereits gelesen, falls dir das Sorge bereitet«, sagte Reigen.

»Tatsächlich?« Yasuhito wirkte überrascht.

»Ihr habt doch gesagt, ich soll sie suchen«, sagte Seikei.

»Ja, das stimmt wohl. Jedenfalls stand in der Schriftrolle, das *echte* Schwert sei im Atsuta-Schrein, nicht im Kaiserpalast. Das im Palast ist nur eine Nachbildung.«

»Das ist wahr«, sagte Reigen. »Als Prinz Yamato das Schwert nach Atsuta brachte, wollte er sicherstellen, dass es nie wieder benutzt wurde. Also wurde eine Nachbildung gefertigt, die man bei der Thronzeremonie für jeden neuen Kaiser einsetzen konnte.«

»Aber ich dachte, die Tatsache, dass ich nicht das echte Schwert bei der Zeremonie hatte ... Ich dachte, das sei der Grund ...«

»Der Grund wofür?«

Yasuhito hielt nur mit Mühe die Tränen zurück. Trotz allem tat er Seikei nun leid. »Der Grund dafür, dass Amaterasu nicht zu mir gekommen ist, in der Nacht, die ich nach der Zeremonie in der Hütte verbracht habe. Ich habe gewartet und gewartet, weil ich sie fragen wollte, wohin *du* verschwunden bist. Aber sie kam einfach nicht. Ich bin auch nicht eingeschlafen, wie

Uino behauptet. Und das konnte nur eins bedeuten ... Ich dachte, ich wäre nicht wirklich der Kaiser. Uino zwang mich natürlich, mich trotzdem so zu verhalten, als wäre ich es, aber als er dieses Jahr starb, entschied ich, dass ich nicht mehr so weitermachen wollte.«

Seikei starrte Yasuhito an und fragte sich, was der Richter wohl sagen würde, wenn er von dieser Geschichte erfuhr. »Aber Ihr könnt doch nicht einfach ...«, begann Seikei, doch dann spürte er Reigens Hand auf seinem Arm.

»Ich werde mich um diese Angelegenheit kümmern«, sagte der alte Mann. »Aber erst gehen wir von hier weg. Der Raum ist nun unrein. Macht Hato los und gebt mir das Seil.«

Seikei gehorchte.

»Und nun bringt die anderen in den Garten vor dem Haus«, fuhr Reigen fort. »Ich sorge dafür, dass Yabuta keinen Schaden mehr anrichten kann.«

Die drei jungen Leute verließen die Hütte und entdeckten einen vernachlässigten Steingarten. »Immer wenn ich an dieses Haus dachte, habe ich von diesem Garten geträumt«, sagte Yasuhito. »Meine Mutter hat oft hier mit mir auf dem Schoß gesessen und mir Geschichten erzählt. Das war das letzte Mal, dass ich glücklich war.«

Hato warf Seikei einen Seitenblick zu. »Sagt ihm, wer Ihr wirklich seid. Ich habe keine Lust mehr, Euer Geheimnis zu wahren.«

»Mein Geheimnis wahren?«, wiederholte Seikei. »Und was war mit der Dienerin, die du vor Ponzus Palast zu mir geschickt hast?«

»Ihr musste ich es doch sagen«, wehrte sich Hato. »Und es hat funktioniert. Ihr habt uns doch gefunden.«

Dem konnte Seikei nichts entgegensetzen. Was aber auch keine Rolle spielte, denn eben trat Reigen aus dem Haus.

»Ihr müsst Euch hinknien«, sagte er zu Seikei und Hato. Seikei gehorchte sofort, aber Hato wirkte empört und musste erst überredet werden.

Dann stellte Reigen sich vor Yasuhito. »Mein Enkelsohn«, begann er. »Erzähl mir von der Nacht, die du nach der Zeremonie der Inthronisation in der Hütte verbracht hast. Hast du bei Sonnenaufgang in den Spiegel geschaut, der einen der drei Schätze Amaterasus darstellt?«

»In den Spiegel? Nein, Großvater, ich war so unglücklich darüber, dass Amaterasu nicht zu mir gekommen war.«

Reigen sah gen Himmel und Seikei folgte seinem Blick. Es war ein klarer, frischer Tag, die Sonne stand beinahe im Zenit und schien so hell, dass sie blendete.

Als er den Blick vom Himmel abwandte, sah er, wie Reigen einen flachen, glänzenden Gegenstand aus seinem Kimono holte. »Hier«, sagte er zu Yasuhito. »Hier ist das, was du hättest sehen sollen.« Er drehte den geheiligten Spiegel so, dass er die Sonnenstrahlen direkt in Yasuhitos Gesicht reflektierte.

Statt wie jeder normale Mensch zu blinzeln, weiteten sich seine Augen und der junge Kaiser starrte direkt ins Licht. Langsam streckte er die Hand nach dem Spiegel aus. »Großvater!«, rief er. »Ich kann sie sehen! Sie sieht aus … wie ich!«

»So soll es sein«, erwiderte Reigen. »Denn du bist ihr wahrer Nachkomme.«

Nach all der Zeit des Wartens schien Yasuhito sich jetzt von dem, was er im Spiegel sah, kaum lösen zu können. Seikei sah dem Jungen ins Gesicht. Es veränderte sich – wurde Reigens Gesicht ähnlicher, auch wenn sie so viele Jahre auseinanderlagen. Bisher war ihm Yasuhito wie ein ganz normaler Junge vorgekommen, und zwar nicht wie einer, den Seikei hätte näher kennenlernen wollen. Doch nun war unübersehbar, wer er war.

Als die Zeremonie vorüber war, wandte sich Reigen an Seikei und Hato: »Ihr dürft Euch jetzt vor dem Kaiser verbeugen.«

Seikei tat, wie ihm geheißen. Dies war eine Ehre, an die er sich immer würde erinnern können. Er nahm sein Stirnband ab und legte es vor den Kaiser auf den Boden. Sein Auftrag war erfüllt.

Hato hingegen näherte sich nur langsam. »Ich möchte das alles endlich verstehen«, sagte sie und zeigte zögernd auf Yasuhito. »*Ihr* seid also der echte Kaiser?«

Yasuhito nickte. »Großvater hat mich meinen Irrtum erkennen lassen.«

»Hmpf.« Hato schnaubte. »Ich hätte nicht gedacht, dass ein Kaiser daran zweifeln könnte, ein Kaiser zu sein.« Sie wandte sich Reigen zu. »Und wenn Ihr sein Großvater seid, dann wart Ihr auch mal Kaiser.«

»Das stimmt«, erwiderte Reigen. »Als du gefragt hast, ob ich ein Kami sei, konnte ich nicht aus voller Überzeugung Nein sagen, denn obwohl ich längst nicht mehr Kaiser bin, trage ich noch immer den Geist Amaterasus in mir.«

Schließlich drehte sich Hato zu Seikei um. Sie wirkte fassungslos. »Ihr seid also der Einzige hier, der *kein* Kaiser ist?«

»Es tut mir leid«, sagte Seikei. »Ich habe ja versucht, es dir zu erklären, aber in dem ganzen Durcheinander …«

Hato dachte einen Augenblick darüber nach, dann schien sie eine Entscheidung zu fällen. »Ich glaube, Ihr alle versucht immer noch mich zu täuschen«, sagte sie.

# *Nachtisch*

Es war ein schöner Frühlingstag. Die Sonne schien die kühle Luft zu verjagen, die den ganzen Winter lang über der Erde gelastet hatte. Seikei und Richter Ooka standen im Garten vor dem Kaiserpalast und warteten darauf, dass die Pflügezeremonie begann. Der Richter war als offizieller Abgesandter des Shogun hierhergekommen, Seikei hatte eine persönliche Einladung erhalten, die zu seiner Überraschung sowohl vom Minister für Rechts- als auch vom Minister für Linksangelegenheiten unterzeichnet worden war. Wie hatte man sie bloß dazu gebracht, sich in dieser Sache einig zu sein? Bestimmt hatten sie gar nicht gewusst, an wen die Einladung ging.

Eigentlich hatte Seikei auch erst gar nicht kommen wollen. Der ganze Fall um den jungen Kaiser war so sehr von Betrug und Verrat durchzogen gewesen, dass er am liebsten nie wieder an diesen Ort zurückkehren wollte. Doch der Richter hatte ihm gesagt, dass man eine Einladung des kaiserlichen Hofes niemals ablehnen durfte.

Es lag nun schon mehrere Monate zurück, dass Seikei nach Edo zurückgekehrt war und dem Shogun Bericht erstattet hatte. Der Shogun war bestürzt gewesen und hatte eingewandt, Seikei habe keinen echten Beweis dafür, dass Yabuta den Aufstand gegen ihn angezettelt habe. »Ihr kennt doch nur die Geschichte, die Euch Takanori erzählt hat«, sagte er. »Vielleicht hat er gelogen. Und jetzt ist er tot.« Dann hatte der Shogun Samurai auf die Suche nach Yabuta geschickt, doch er war unauffindbar geblieben.

Seikei dachte an seine letzte Begegnung mit Yabuta zurück. Reigen hatte alle anderen hinausgeschickt und gesagt, er werde dafür sorgen, dass Yabuta keinen Schaden mehr anrichten könne.

Doch Seikei hatte keine Gelegenheit gehabt, herauszufinden, was er damit gemeint hatte, denn gleich nachdem er Yasuhito im Kaiserpalast abgeliefert hatte, war der alte Mann schon wieder verschwunden. Seikei war damit beschäftigt gewesen, das Kusanagi-Schwert zum Schrein zurückzubringen, und hatte sich daher nicht einmal verabschieden können. Im Schrein hatten die Priester ihn immer noch für den Kaiser gehalten, sodass es ihm nicht schwergefallen war, das Schwert ohne ein Wort der Erklärung an seinen Platz zurückzulegen.

»Der Shogun weiß, dass du deine Sache gut gemacht hast«, versicherte Richter Ooka ihm. »Die Pflügezeremonie kann nun wie geplant stattfinden. Er ist nur aufgebracht, weil er jetzt für die Wachen des Inneren Gartens einen neuen Anführer braucht.«

»Meiner Meinung nach sollte es diesen Posten erst gar nicht geben«, sagte Seikei.

»Ich fürchte, Herrscher wollen immer wissen, was ihre Untertanen so treiben«, sagte der Richter.

Ein Raunen ging durch die Menge der geladenen Gäste, als ein prachtvoller Wasserbüffel in den Garten gebracht und vor einen Pflug gespannt wurde.

Seikei sah den Büffel zweifelnd an. »Hoffentlich kommt der Kaiser mit solch einem riesigen Tier überhaupt zurecht.«

»Es wurde sorgfältig ausgesucht. Es soll extrem gutmütig sein«, murmelte der Richter. »Der Boden, der gepflügt werden soll, ist vorher aufgelockert worden, alle Steine wurden entfernt. Ich glaube nicht, dass die verbleibende Arbeit die Kräfte des Kaisers übersteigen wird.«

Ein Priester läutete eine Glocke – das Signal, dass alle sich hinknien mussten. Einen Augenblick später erschien der Kaiser, einen Minister an jeder Seite. Die beiden Berater flüsterten ihm gleichzeitig etwas ins Ohr, und Seikei war sich ziemlich sicher, dass ihre Ratschläge völlig wertlos waren.

Schließlich trat der Kaiser nach vorn und ein Priester reichte ihm Zügel und Peitsche. Doch die Peitsche war überflüssig. Sobald der Kaiser mit den Zügeln schlug, machte der Wasserbüffel genau sechs Schritte nach vorn und blieb dann stehen. Das Tier war offenbar genauso gut getrimmt worden wie der Kaiser – wenn nicht sogar besser.

Auf jeden Fall war die Pflugrille, die nun aufklaffte, zufriedenstellend. Der Kaiser nahm ein paar Reiskörner von einem der Priester und ließ sie in gleichmäßigen Abständen in die Furche fallen.

Nun reichte ihm ein anderer Priester einen kleinen, blitzsauberen Spaten. Yasuhito nahm ihn entgegen und bedeckte die Samen mit Erde. Sobald sie keimten, würden sie in ein wasserüberflutetes Feld umgesiedelt werden, wo sie bis zur Ernte wachsen konnten. Dann hätte der Kaiser längst andere Aufgaben zu erfüllen, doch für heute hatte er seine Pflicht perfekt erledigt.

Das wusste auch Yasuhito selbst. Seikei vermeinte ein kleines Lächeln über sein Gesicht huschen zu sehen, als er von der Ackerfurche zurücktrat. Und als die zwei Minister sich ihm wieder näherten, um ihm Ratschläge zu erteilen, schob er sie weg. Nicht ruppig – vielleicht hatte es auch niemand außer Seikei bemerkt –, aber immerhin, es war ein Schubs. Yasuhito wusste jetzt, dass er der Kaiser war.

Die Gäste verbeugten sich tief, als der Kaiser den Garten verließ, und standen dann auf. In Kürze würden die Feierlichkeiten beginnen.

Seikei sah, wie Hato sich einen Weg durch die Menge bahnte. Sie war wie alle anderen Diener des Kaiserpalastes gekleidet. Seikei wappnete sich für das, was sie gleich zu ihm sagen würde.

Doch sie fragte nur, ob er und der Richter zur Feier bleiben würden. »Ich habe den Brei selbst gekocht«, sagte sie. »Der Kaiser lässt das niemand anderen mehr machen. Manchmal wecken mich seine persönlichen Diener mitten in der Nacht, damit ich ihm Gingkobrei koche.«

»Also hast du nun endlich begriffen, dass er der richtige Kaiser ist?«, fragte Seikei.

Sie nickte. »Er hat mir eine gute Stelle verschafft, also befolge ich jetzt seine Befehle.« Sie sah sich um, ob auch niemand lauschte. Richter Ooka unterhielt sich gerade mit einem anderen Gast.

»Aber Ihr hättet einen besseren Kaiser abgegeben«, raunte Hato und zwinkerte Seikei zu. Dann verschwand sie in der Menge, bevor Seikei etwas erwidern konnte.

Später, als der Brei aufgetragen wurde, probierte Seikei zaghaft. Kein Zweifel: Hato war wirklich eine großartige Köchin, zumindest wenn man Gingkobrei mochte. Er nahm sich einen Nachschlag.

Der Richter hatte gerade seine eigene Schale leer gegessen und wandte sich zu Seikei um. »Du kannst stolz auf dich sein«, sagte er. »Der Erfolg dieses Tages ist zu einem großen Teil dir zu verdanken.«

»Ich hatte Hilfe«, wehrte Seikei bescheiden ab.

»Und doch muss ich sagen, dass du einen Fehler begangen hast«, fuhr der Richter fort.

Seikei wand sich innerlich. Er wusste, dass er vieles falsch gemacht hatte, aber das meiste hatte er auch wieder in Ordnung gebracht. Er hatte es sogar geschafft, seine Schwerter vom Pfandleiher auszulösen. Dachte der Richter, es sei unehrenhaft gewesen, sie überhaupt zu verpfänden?

»Die junge Frau, die dich eben im Garten angesprochen hat«, sagte der Richter und bewies damit wieder einmal, dass ihm nie etwas entging. »War das diejenige, die dachte, du seist der Kaiser?«

Seikei nickte. »Ich weiß, dass es falsch war, sie in dem Glauben zu lassen, aber …«

»Und sie hat diesen Brei gekocht?«, fragte Richter Ooka weiter.

»Ja. Das wollte sie mir eben sagen.«

»Du hättest sie niemals weggehen lassen dürfen. Ich wünschte, du hättest sie mit zu uns nach Hause gebracht. Sie kann viel zu gut kochen, um für den Kaiser zu arbeiten.«

# Nachwort der Autoren

𝒟ie Japaner sagen, sie hätten die weltweit längste durchgehende Serie von Herrschern vorzuweisen. Der Legende nach war der allererste Kaiser Jimmu, der unserer Kalenderzählung nach zwischen 660 und 585 v. Chr. regierte. Offizielle Geschichtswissenschaftler haben alle 126 Kaiser aufgelistet, bis hin zum heutigen, Akihito, der 1989 auf den Thron kam. Japanische Kaiser werden nicht »gekrönt«, weil die Kopfbedeckung, die sie tragen, keine Krone ist.

Zu Lebzeiten werden japanische Kaiser nur mit einem Namen genannt, doch sobald sie nicht mehr auf dem Thron sind, bekommen sie und ihre Regentschaft einen zweiten Namen dazu, den Herrschernamen. So war der 125. Kaiser weltweit als Hirohito bekannt, doch nach seinem Tod erhielt er den Herrschernamen Showa.

Yasuhito, der junge Kaiser in unserer Geschichte, hat Japan zu Anfang des 18. Jahrhunderts regiert, nachdem er als Achtjähriger auf den Thron gehoben wurde. Sein Großvater Reigen hatte von 1663 bis 1687 geherrscht und dann abgedankt. Danach lebte er noch weitere fünfundvierzig Jahre. Yasuhitos Herrschername ist Nakamikado, und unter diesem Namen ist er auf jeder Liste der japanischen Kaiser verzeichnet. Alle Ereignisse rund um die beiden Kaiser in dieser Geschichte sind vollständig der Fantasie der Autoren entsprungen.

Die Legende von Amaterasu und Susanoo ist Teil der japanischen Mythologie. Prinz Yamato, der das Kusanagi-Schwert dazu einsetzte, aufständische Stämme zu unterwerfen, soll um das Jahr 100 n. Chr. gelebt haben. Sein offizieller Name lautet Yamato-Dake oder Yamato der Kriegerische. Das Kusanagi-Schwert wird auch heute noch im Atsuta-Schrein in Nagoya aufbewahrt. Doch während man die Räumlichkeiten des Schreins besuchen darf, wird das Schwert nie öffentlich ausgestellt.

Es hat in Japan um 1700 herum auch tatsächlich Pfandleiher gegeben, sogenannte *Tamamakiya*. Die Familie Mitsui, deren Namen immer noch in den Firmenbezeichnungen japanischer Banken, Versicherungsunternehmen und Maklerbüros vorkommt, hat Anfang des 17. Jahrhunderts als Pfandleiherfamilie begonnen.

Wir haben die Zeremonie, bei der ein neuer Kaiser auf den Thron gehoben wird, bewusst vereinfacht dargestellt. Es stimmt aber durchaus, dass er eine Nacht in einer Hütte zubringen und auf seine Ahnin Amaterasu warten muss. Was während dieser Nacht geschieht, weiß niemand außer dem Kaiser selbst.

Wer »Der Rubin des Samurai«, »Die Rache des Feuerdämons« und »Der Schatten der Ninja« gelesen hat, weiß, dass es auch Richter Ooka wirklich gegeben hat. Sein Ruf, weise und gerechte Entscheidungen zu treffen, verhalf ihm zu einem hochstehenden Posten. Er diente Yoshimune, dem achten Shogun der Tokugawa-Familie, der von 1717 bis 1744 herrschte. Bis heute sind Geschichten über Richter Ooka weit verbreitet, und er wird häufig als der Sherlock Holmes Japans bezeichnet. Die Figur seines Adoptivsohns Seikei hingegen ist eine reine Erfindung der Autoren.

**Ravensburger Bücher   Absolut lesenswert!**

# Die Jagd nach dem roten Rubin

»Eine rasante Abenteuer- und Detektivgeschichte. Nebenbei erhält der Leser noch eine kleine Japan-Kunde des 18. Jahrhunderts.«

Süddeutsche Zeitung

**Dorothy und Thomas Hoobler**

**Der Rubin des Samurai**

Japan 1735: Nichts fasziniert den 14-jährigen Seikei mehr als Japans große Krieger. Wie gern wäre er selbst ein Samurai! Doch als Sohn eines Teehändlers ist seine Zukunft schon lange vorherbestimmt. Als allerdings eines Tages ein wertvoller Rubin gestohlen wird, kommt Seikei seinem Traum ein Stückchen näher. Denn ausgerechnet er soll dem berühmten Richter und Samurai Ooka dabei helfen, den mysteriösen Fall aufzuklären ...

ISBN 978-3-473-**58242**-6

www.ravensburger.de

**Ravensburger**